周易礼记孝经心经金刚经净土三经六祖
坛经黄帝内经孔子家语颜氏家训淮南鸿
烈传习录近思录围炉夜话左传战国策史
记汉书后汉书三国志资治通鉴盐铁论贞
观政要山海经水经注人物志论语孟子老
子庄子墨子孙子兵法韩非子大学中庸荀
子管子列子鬼谷子商君书吕氏春秋诗经
楚辞唐诗三百首宋词三百首元曲三百首
古文观止世说新语徐霞客游记梦溪笔谈
搜神记东坡志林三字经百家姓千字文

搜	古	楚	子	子	观	记	烈	坛	周
神	文	辞	管	庄	政	汉	传	经	易
记	观	唐	子	子	要	书	习	黄	礼
东	止	诗	列	墨	山	后	录	帝	记
坡	世	三	子	子	海	汉	近	内	孝
志	说	百	鬼	孙	经	书	思	经	经
林	新	首	谷	子	水	三	录	孔	心
三	语	宋	子	兵	经	国	围	子	经
字	徐	词	商	法	注	志	炉	家	金
经	霞	三	君	韩	人	资	夜	语	刚
百	客	百	书	非	物	治	话	颜	经
家	游	首	吕	子	志	通	左	氏	净
姓	记	元	氏	大	论	鉴	传	家	土
千	梦	曲	春	学	语	盐	战	训	三
字	溪	三	秋	中	孟	铁	国	淮	经
文	笔	百	诗	庸	子	论	策	南	六
	谈	首	经	荀	老	贞	史	鸿	祖

斯文一脉微如线，光阴寸隙流如电，风

一点芭蕉一点愁，三更归梦三更后。

其亲，小人乐其乐而利其利。
遁世不见知而不悔，惟圣者能之。
终始，知所先后，则近道矣。
而后求诸人；无诸己而后非诸人。

颈交，却有忘机友。
汉经行处，宫阙万间都做了土。
姓苦；亡，百姓苦。
量梅应晚，别时容易见时难。

怕黄昏到晚。
絮。江上晚来堪画处，钓鱼人一蓑归去。
魂，四时风月一闲身，无用人，诗酒乐天

雨过，珍珠乱撒，打遍新荷。
生不会相思，才会相思，便害相思。

平生不会相思，才会相思，便害相思。
骤雨过，珍珠乱撒，

枯藤老树昏鸦，小桥
人家，古道西风瘦
阳西下，断肠人在天

上天堂，下有苏杭。
碧云天，黄花地，西风
恨相见难，又早别离

恨绵绵深宫怨女，情
长门寂寞长青苔，日迟迟
秋蝉儿噪罢寒蛩儿叫，淅零零

瘦，则怕不似今番，恨则恨孤帏
寒，怕则怕黄昏到晚。
天将暮，雪乱舞，半梅花半飘
絮。江上晚来堪画处，钓鱼人

飞。恨相见难，又早别离。
云天，黄花地，西风紧，北雁

平生不会相思，才会相思，便害相思。
骤雨过，珍珠乱撒，打遍新荷。
十隙流如电，风雪两鬓白如练。
名万里忙如燕，斯文一脉微如线，光

四时风月一闲身，无用人，诗酒乐天
不因酒困因诗困，常被吟魂恼醉魂。
江上晚来堪画处，钓鱼人一蓑归去。
天将暮，雪乱舞，半梅花半飘柳絮。

蛩儿叫，淅零零细雨打芭蕉。
青苔，日迟迟春风院宇。
文，情默默梦断羊车，冷清

风雪两鬓白如练。
微如线，光阴十隙流如电，
功名万里忙如燕，斯文一脉
一点愁，三更归梦三更后。
一声梧叶一声秋，一点芭蕉

去后思量悔应晚，别
姓苦；亡，百姓苦。
伤心秦汉经行处，宫
虽无刘项交，却有忘

风瘦马。夕阳西下，断肠
枯藤老树昏鸦，小桥流水
平生不会相思，才会相思

后重相见，闲将离别
碧云天，黄花地，西风紧，北
上天堂，下有苏杭。

伤心秦汉经行处，宫阙
虽无刘项交，却有忘机

斯文一脉微如线，光阴寸隙流如电，风
其亲，小人乐其乐而利其利。
遁世不见知而不悔，惟圣者能之。
终始，知所先后，则近道矣。
而后求诸人；无诸己而后非诸人。
颈交，却有忘机友。
汉经行处，宫阙万间都做了土。
姓苦；亡，百姓苦。
量悔应晚，别时容易见时难。
黄花地，西风紧，北雁南飞。恨相见难，
易，久已后虽然成佳配，奈时间怎不悲啼。
宫怨女，情默默梦断羊车，冷清清长门寂寞
日迟迟春风院宇。
罢寒蛩儿叫，淅零零细雨打芭蕉。
衾寒，怕则怕黄昏到晚。
絮。江上晚来堪画处，钓鱼人一蓑归去。
魂，四时风月一闲身。无用人，诗酒乐天
雨过，珍珠乱撒，打遍新荷。
生不会相思，才会相思，便害相思。
风雪两鬓白如练。
微如线，光阴寸隙流如电，
功名万里忙如燕，斯文一脉
一点愁，三更归梦三更后。
一声梧叶一声秋，一点芭蕉
女，情默默梦断羊车，冷清
育芜，日迟迟春风院宇。
蛩儿叫，淅零零细雨打芭
天将暮，雪乱舞，半梅花半飘柳絮。
江上晚来堪画处，钓鱼人一蓑归去。
不因酒困因诗困，常被吟魂恼醉魂。
四时风月一闲身。无用人，诗酒乐天
名万里忙如燕，斯文一脉微如线，光
寸隙流如电，风雪两鬓白如练。
雨过，珍珠乱撒，打遍新荷。
生不会相思，才会相思，便害相思。
云天，黄花地，西风紧，北雁
飞。恨相见难，又早别离易，

骤雨过，珍珠乱撒
平生不会相思，才会
阳西下，断肠人在天
人家，古道西风瘦马
枯藤老树昏鸦，小桥
上有天堂，下有苏杭。
碧云天，黄花地，西风
恨相见难，又早别离易
恨绵绵深宫怨女，情默默梦断
长门寂寞长青芜，日迟迟春风
秋蝉儿噪罢寒蛩儿叫，淅零零
瘦则瘦不似今番，恨则恨孤帏
寒，怕则怕黄昏到晚。
天将暮，雪乱舞，半梅花半飘
絮。江上晚来堪画处，钓鱼人
碧云天，黄花地，西风紧，北雁南飞
早别离易，久已后虽然成佳配，奈时
恨绵绵深宫怨女，情默默梦断羊车，
长青芜，日迟迟春风院宇。
秋蝉儿噪罢寒蛩儿叫，淅零零细雨打
虽无刎颈交，却有忘机
伤心秦汉经行处，宫阙
上有天堂，下有苏杭。
碧云天，黄花地，西风紧，北
飞。恨相见难，又早别离易，
后虽然成佳配，奈时间怎不悲啼
平生不会相思，才会相思
枯藤老树昏鸦，小桥流水
风瘦马。夕阳西下，断肠
虽无刎颈交，却有忘
伤心秦汉经行处，宫
姓苦；亡，百姓苦。
去后思量悔应晚，别
一声梧叶一声秋，一点芭蕉一点愁
功名万里忙如燕，斯文一脉微如线
骤雨过，珍珠乱撒，打遍新荷。

元曲三百首

导读及译注◎向铁生　康震
名誉主编◎饶宗颐

元曲三百首

名誉主编◎饶宗颐
导读及译注◎向铁生　康震

中信出版社 · CHINA CITIC PRESS · 北京 ·

出版说明

为什么要阅读经典？道理其实很简单——经典正是人类智慧的源泉、心灵的故乡。也正因如此，在社会快速发展、急剧转型，也容易令人躁动不安的年代，人们也就更需要接近经典、阅读经典、品味经典。

迈入二十一世纪，随着中国在世界上的地位不断提高，影响不断扩大，国际社会也越来越关注中国，并希望更多地了解中国、了解中国文化。另外，受全球化浪潮的冲击，各国、各地区、各民族之间文化的交流、碰撞、融合，也都会空前地引人注目，这其中，中国文化无疑扮演着十分重要的角色。相应地，对于中国经典的阅读自然也就拥有了不断扩大的潜在市场，值得重视及开发。

于是也就有了这套立足港台、面向海内外的“中信国学大典”的出版。希望通过本套丛书的出版，继续搭建古代经典与现代生活的桥梁，引领读者摩挲经典，感受经典的魅力，进而提升自身品位，塑造美好人生。

中信国学大典收录中国历代经典名著近六十种，涵盖哲学、文学、历史、医学、宗教等各个领域。编写原则大致如下：

（一）精选原则。所选著作一定是相关领域最有影响、最具代表性、最值得阅读的经典作品，包括中国第一部哲学元典、被尊为“群经之首”的《周易》，儒家代表作《论语》、《孟子》，道家代表作《老子》、《庄子》，最早、最有代表性的兵书《孙子兵法》，最早、最系统完整的医学典籍《黄帝内经》，大乘佛教和禅宗最重要的经典《金刚经·心经·坛经》，中国第一部诗歌总集《诗经》，第一部纪传体通史《史记》，第一部编年体通史《资治通鉴》，中国最古老的地理学著作《山海经》，中国古代最著名的游记《徐霞客游记》等等，每一部都是了解中国思想文化不可不知、不可不读的经典名著。而对于篇幅较大、内容较多的作品，则会精选其中最值得阅读的篇章。使每一本都能保持适中的篇幅、适中的定价，让大众都能买得起、读得起。

（二）尤重导读的功能。导读包括对每一部经典的总体导读、对所选篇章的分篇（节）导读，以及对名段、金句的赏析与点评。导读除介绍相关作品的作者、主要内容等基本情况外，尤其强调取用广阔的国际视野和当代眼光，将这些经典放在全球范围内、结合当下社会生活，深入挖掘其内容与思想的普世价值，及对现代社会、现实生活的深刻启示与借鉴意义。通过这些富有新意的解读与赏析，真正拉近古代经典与当代社会和当下生活的距离。

（三）通俗易读的原则。简明的注释，直白的译文，加上深入浅出的导读与赏析，希望帮助更多的普通读者读懂经典，读懂古人的思想，并能引发更多的思考，获取更多的知识及更多的生活启示。

（四）方便实用的原则。关注当下、贴近现实的导读与赏析，相信有助于读者"古为今用"、自我提升；卷尾附录"名句索引"，更有助于读者检索、重温及随时引用。

（五）立体互动，无限延伸。配合图书的出版，开设专题网站，增加朗读功能，将图书进一步延展为有声读物，同时增强读者、作者、出版者之间不受时空限制的自由随性的交流互动，在使经典阅读更具立体感、时代感之余，亦能通过读编互动，推动经典阅读的深化与提升。

这些原则可以说都是从读者的角度考虑并努力贯彻的，希望这一良苦用心最终亦能够得到读者的认可、进而达到经典普及的目的。

需要特别提到的是，国学大师饶宗颐先生慨然应允担任本套丛书的名誉主编，除表明先生对出版工作的一贯支持外，更显示出先生对倡导经典阅读、关心文化传承的一片至诚。在此，我们要向饶公表示由衷的敬佩及诚挚的感谢。

倡导经典阅读，普及经典文化，永远都有做不完的工作。期待本套丛书的出版，能够带给读者不一样的感觉。

目录

《元曲三百首》导读

向铁生　康　震

元曲概况

唐诗、宋词之后，中国文学迎来了又一座高峰——元曲。正如元代人罗宗信《中原音韵·序》所言："世之共称唐诗、宋词、大元乐府，诚哉！"其中亦可见元人自己对元曲之看重，认为其已然可与唐诗、宋词并立而三。这种观念也是一种创作的自觉，带来了元曲创作的丰收。综元一代，元曲在题材内容、技巧手法及传播影响等方面表现均远超诗词，成为元代之最佳文学样式。其后王国维在整理研究宋元戏曲时更是据此提出一代有一代之文学的概念："楚之骚、汉之赋、六代之骈语、唐之诗、宋之词、元之曲，皆所谓一代之文学，而后世莫能继焉也。”（《宋元戏曲史》）评价精当，可谓的论。

同宋词一样，元曲本身也是音乐与文本的统一体。不过比宋词的音乐性更为复杂的是，元曲的音乐性不光包括“曲牌”，还有“宫调”在内。“曲牌”同“词牌”类似，是各种曲调的泛称，每个曲牌大体上都规定了相应的曲调和唱法，同样的，其字句、平仄等也有相应的规则。曲牌名有自词牌名而来的，但体制、内容并不一致，已多有发展变化。“宫调”则是元曲中曲调的调式。元曲中使用的宫调主要为五宫四调，即仙吕宫、南吕宫、中吕宫、正宫、黄钟宫和大石调、商调、越调、双调。各宫调音乐不同，风格和唱腔也不同。有的比较悲壮雄阔，有的比较哀感低沉，有的比较缠绵悠远。不同曲牌的调式接近，则属于同一宫调。元曲杂剧创作换宫调时往往也伴随着换韵现象。元曲同宋词不同之处还在于衬字的使用。元曲中可以在规定的曲律之外使用衬字以表达曲意和丰富声情，衬字的多少并无限制，如关汉卿的《南吕·一枝花》：“我正是个蒸不烂煮不熟捶不匾炒不爆响珰珰一粒铜豌豆。”“响”字前加了十几个衬字，可谓多矣。正是由于衬字的存在，同一曲牌的曲子往往出现字数不同的现象。

从形制上讲，元曲包括杂剧和散曲两大类。其中散曲又可分为小令、带过曲和套数三类。小令是指独立成篇的单支曲子。带过曲主要是指由两支或三支单曲组成的曲子，因为是由前一支曲子连带后曲，故称。一般两曲之间以“带”、“过”或“兼”命名。如《快活三过朝天子四边静》一曲即由《快活三》带《朝天子》和《四边静》两曲共同组织而成。套数又称套曲，一般由三支或三支以上的曲子组织成篇，同套曲押韵相同，文体上多用衬字，更加灵活，也更加散漫。我们一般所说的元曲主要是指散曲，特别是散曲中那些当行本色、雅俗共赏、嬉笑怒骂、风情万千的小令和带过曲。元人罗宗信在《中原音韵·序》中自诩的“大元乐府”即是指此，其后效仿蘅塘退士《唐诗三百首》和上彊村民《宋词三百首》而选的《元曲三百首》也是如此。

关于《元曲三百首》

清中叶之后，蘅塘退士《唐诗三百首》流传甚广，几乎家置一编。民国时期上彊村民仿《唐诗三百首》选编而成的《宋词三百首》并刊刻问世，渐为人知。而元曲则尚无一个影响较广的选本。鉴于此，曲学大家吴梅先生的高足任中敏先生于一九二六年编成《元曲三百首》，其后同门卢前先生略加删补，于一九四五年初在中华书局出版，仍名为《元曲三百首》。此后，这一本子成为影响最大的元曲选本。自问世以来，以此本为据进行译注、赏析的《元曲三百首》层出不穷，逐渐取得与《唐诗三百首》、《宋词三百首》并驾齐驱的地位。但任、卢二先生所选过于集中名家，有体例失衡之处，其后也多有学者以任、卢二先生选本为蓝本重新编选，仍名为《元曲三百首》。这些重新编选本中，“中华经典藏书”系列中解玉峰先生所选较为突出，兼顾了作品及体例的平衡性，所增补作品也较有代表性，是以此次整理评注《元曲三百首》，我们综合考虑之后即选取了这一本子。

《元曲三百首》的特点

一、注重了名家名作的均衡性。任、卢两先生所选《元曲三百首》中，马致远选了三十一首、乔吉选了三十首、张可久选了四十首，三家合计一百零一首，占去全部篇目的三分之一。而元曲四大家之一的关汉卿只选了六首，另外一家郑光祖则一首也没有。元后期重要曲家汤式只选了其中两首小令。从体例上来说，这是轻重失衡的表现。解选则增补关汉卿至十五首、汤式至九首，另外郑光祖选入三首，适当删减了马致远、乔吉、张可久三人的篇目，使得其入选作品既有代表性，又不至于题材重复过甚，以致读者产生审美疲劳。

二、选入了许多非名家的作品，带有因曲存人的意味。任、卢二先生选本中，已有部分曲家存世作品极少，甚至只有一首也选入的情况，如张子坚的《得胜令·宴罢恰初更》等。解选中加强了这一点，如增补了真真、李伯瑜、杜遵礼、周浩、程景初等人，这几人均仅存曲一首而得入选，很明显蕴含了选家因曲存人的意思。

三、兼顾了选曲风格、题材的多样性。任、卢二先生选曲注重词曲之别，故特推重曲之当行本色，故对于曲中典雅端正而与诗词相近的曲作多摒弃不录。解选中既注重曲之本色，此类依然入选最多，也选入了多首风格典雅而近乎词作的小令。同时，还增选了一些社会性强、讽刺性极浓的曲子，如《中吕·朝天子·志感》三首、《正宫·醉太平·讥贪小利者》等。另外，任、卢两先生的选本中，隐逸题材最为集中突出，可谓“满纸渔樵话沧桑”。

四、正编之外以附录的形式增补了四篇套曲。任、卢两先生选本并没有选套曲，解选则基于曲的体例而增补了套曲部分。我们通常所说的元曲实际上多是指那些大家耳熟能详、雅俗共赏的小令，另外，节选套曲中的一支对于套曲的理解也有割裂之虞，任、卢两先生或是出于这方面考虑而为之，我们此次评注也就仅关注这一部分。

本书的主要贡献

此次整理评注即以“中华经典藏书”本《元曲三百首》为底本，参以隋树森先生《全元散曲》及已出诸家别集等。我们所做的主要工作是：

一、整理文本，校正部分误字。如元好问《双调·小圣乐·骤雨打新荷》“乳燕雏莺哢语，有高柳鸣蝉相和”，“哢”，鸟鸣声，意为初生之燕子和黄莺啼叫，中华本作“弄”，当误，可参《宋词三百首》中吕滨老之《薄幸》词“乍听得、鸦啼莺哢，惹起新愁无限”。又马致远《双调·寿阳曲·潇湘八景》中第二首“潇湘夜雨”，中华本误作“潇湘雨夜”。又薛昂夫《双调·蟾宫曲·雪》中“点点杨花，片片鹅毛”，“杨花”，与后句“鹅毛”对应，中华本作“扬花”，当误。汤式《正宫·小梁州·扬子江阻风》“篷窗风急雨丝丝”，中华本误作“蓬窗风鸡雨丝丝”。另外删去部分衍字，如贯云石《正宫·塞鸿秋·代人作》“展花长笺欲写几句知心事”，“长”字衍；“今日个病恹恹刚写写下两个相思字”，衍一“写”字。再就是补充部分曲题，如乔吉《双调·折桂令·七夕赠歌者》两首，第一首有小题为："苕溪七夕饮会赠崔徽卿李总管索赋"。

二、纠正底本注释有误之处。中华本乔吉《双调·水仙子·为友人作》及《双调·折桂令·七夕赠歌者》下作者均注为"张小山"，误。另《双调·折桂令·七夕赠歌者》中注崔徽时云"崔徽善画自己的肖像"，亦误。崔徽乃托画家画自己肖像赠给裴敬中。张可久《中吕·朝天子·山中杂书》"蜗壳蘧庐"，"蘧庐"注为"简陋房屋"不确，应为"传舍、旅店"。又张可久《双调·庆东原·次马致远先辈韵》"鬓边二毛"，注引庾信《哀江南赋序》云"信年始二毛"即指花白头发，亦误，庾信云"年始二毛"乃指三十余岁。"寻诗灞桥，策杖临皋"，中华本注为陶渊明"策扶老以流憩"及"登东皋以舒啸"，不确。"临皋"与"灞桥"并举，应为地名，所用典乃苏轼《临江仙·夜归临皋》词。又高克礼《越调·黄蔷薇过庆元贞》"玉纳子藤箱儿问肯"，"问肯"注为"问候"，显误，问肯乃古时求婚之礼节，即纳采求亲。曲中即言贵家公子以"玉纳子"和"藤箱儿"纳采求亲。李德载《中吕·阳春曲·赠茶肆》“搅动兰膏四座香”，“兰膏”，指兰膏茶，中华本注为“含有兰香的油脂”，有误。又卢挚生平简介中“今河北涿县人”，涿县应为涿州，同样的还有安徽宿州等。另外还纠正了对全曲题旨理解偏差之处，如阿鲁威《双调·蟾宫曲·怀古》一曲乃是反隐士，非是表现鄙弃功名、全身远祸的思想。阿鲁威作为蒙古高官，与普通汉族士大夫心境还是有别的。

三、补充了一些必要的注释。如刘时中《双调·折桂令·渔》中“樵青采芳洲蓼牙，渔童薪别浦蒹葭”，“樵青”、“渔童”典出唐颜真卿《浪迹先生玄真子张志和碑铭》：“肃宗尝赐奴婢各一，玄真配为夫妻，名夫曰‘渔童’，妻曰‘樵青’。”后以樵青为女婢，渔童为男仆。又如张鸣善《中吕·普天乐·咏世》“茶温凤髓，香冷鸡舌”，“凤髓”，乃南方极有名的一种茶，“鸡舌”为著名的一种香料。另外在注释典故时注意原始典故的出处，援引最早之典。如张养浩《双调·折桂令·中秋》“比常夜清光更多”，中华本注云乃化用辛弃疾《太常引》词：“斫去月婆娑，人道是清光更多”，实际上，包括辛词在内都是化用杜甫《一百五日夜对月》诗：“斫却月中桂，清光应更多。”

四、对每首作品作阅读导示。这部分我们着力尤多，讲求以较短的篇幅参透曲家之心意，尽力揭示其曲旨，概述其风格。在某些组曲中，我们更是尽量寻绎出曲家之内在情旨，指出其共通之处。其中许多导读还是颇得曲意的。如对马致远《天净沙·秋思》的点评：“马致远此曲被推为‘秋思之祖’，乃是千古名曲，王国维赞它‘纯是天籁’。曲家妙用意象并置的手法，白描秋景、秋旅、秋境，明白如画中渗透点滴淡淡的秋愁，其愁不仅在秋思，更饱含人生之思，语词极其简洁而意蕴十分丰富。”

元曲三百首

元曲三百首

元好问

人物简介

元好问（一一九〇至一二五七），字裕之，号遗山，太原秀容（今山西忻州）人。少年时从学于郝天挺，金宣宗兴定五年（一二二一）进士及第。哀宗正大元年（一二二四）中博学宏词科，充国史院编修。正大八年（一二三二）应诏入朝，历任尚书省掾、左司都事等。金亡后不仕，二十余年间潜心编纂著述，编成《中州集》，乃有金一代文献大成。著有《元遗山集》、《遗山乐府》，为金元之际杰出的文学家。其散曲今存小令九首。

【双调·小圣乐】骤雨打新荷[1]

绿叶阴浓，遍池亭水阁，偏趁凉多。海榴初绽[2]，妖艳喷红罗。乳燕雏莺弄语[3]，有高柳鸣蝉相和。骤雨过，珍珠乱撒，打遍新荷。

人生有几，念良辰美景，一梦初过。穷通前定[4]，何用苦张罗。命友邀宾玩赏[5]，对芳尊浅酌低歌[6]。且酩酊[7]，任他两轮日月，来往如梭。

注释

1 双调：宫调名。小圣乐：曲牌名。骤雨打新荷：题名。以下凡宫调名、曲牌名不另标注。据元陶宗仪《辍耕录》载，此曲乃元好问所作，因“骤雨过，珍珠乱撒，打遍新荷”词美，后人多以“骤雨打新荷”名之。

2 海榴：即石榴，又名海石榴，李白《咏邻女东窗海石榴》诗：“鲁女东窗下，海榴世所稀。”

3 弄语：弄，当作“哢”，鸟鸣声。

4 穷通前定：穷通，困厄与显达。意谓个人命运之好坏乃前世注定。

5 命友：邀请朋友。

6 芳尊：美酒。尊，酒杯。浅酌低歌：化用柳永《鹤冲天》：“忍把浮名，换了浅斟低唱。”

7 酩酊：酒醉状。

赏析与点评

这首曲作于金亡后，可谓是一首“遗民曲”。上曲写盛夏美景，曲语白描、铺叙，为下曲的哀叹人生形成对照。如斯美景，作者却感人生无几，岂非矛盾？然而联系到此时曲家的遗民身份，答案呼之欲出，这种哀感和及时行乐的思想正是遗民们的普遍生活写照，这也几乎成为遗民们的唯一选择。此曲写法近似词，曲中而有词味，多为后世激赏。

商　挺

人物简介

商挺（一二〇九至一二八八），字孟卿，一作梦卿，晚年自号左山老人。曹州济阴（今山东曹县）人。父商衡与元好问交好，金末殉难。国破父亡后，商挺北走依赵天锡，亦与元好问、杨奂交游。元初为行台幕僚，深为元世祖赏识，历任宣抚司郎中、宣抚副使、参知政事、同佥枢密院事、枢密副使等职。卒赠太师、鲁国公，谥文定。《元史》有传。商挺工诗善书，尤长隶书。有诗千余篇，惜多散逸。散曲今存小令《双调·潘妃曲》十九首，多写闺情。

【双调·潘妃曲】

小小鞋儿白脚带，缠得堪人爱[1]。疾快来，瞒着爹娘做些儿怪。你骂吃敲才[2]，百忙里解花裙儿带。

又

目断妆楼夕阳外，鬼病恹恹害。恨不该，止不过泪满旱莲腮。骂你个不良才，莫不少下你相思债？

又

闷酒将来刚刚咽，欲饮先浇奠[3]。频祝愿[4]：普天下心厮爱早团圆[5]！谢神天，教俺也频频的勤相见。

又

只恐怕窗间人瞧见，短命休寒贱。直恁地肐膝软[6]，禁不过敲才厮熬煎。你且觑门前，等的无人呵旋转[7]。

注释

1 “小小鞋儿”两句：描写宋元之际女子缠足的情形。

2 吃敲才：该打的人，指思念的男子。

3 浇奠：祭祀或求神时，以酒浇地，以示虔诚。

4 频：频繁。

5 厮爱：相爱。此句意同王实甫《西厢记》：“愿天下有情人都成了眷属。”

6 直恁：竟如此。肐：同“胳”，即胳膊。

7 旋转：回转。

赏析与点评

此四首《潘妃曲》皆写男女之情。第一首写私会，余下三首皆写相思。四首曲子皆以女子视角吟咏闺情，曲语通俗、活泼、通透、有趣，以当时许多口语入曲，正是曲家当行本色。四首曲子将恋爱中的女子刻画得栩栩如生，千载之后仍然如睹目前。

刘秉忠

人物简介

刘秉忠（一二一六至一二七四），字仲晦，初名侃，因信佛而改名子聪，后任官改名秉忠。邢州（今河北邢台市）人。元初著名政治家、学者、书法家。少年时任邢台节度使府令史，不久弃去，隐居武安山中为僧，后游云中（今山西大同）。时元世祖召见海云禅师，秉忠随行入见，颇为世祖所称赏，遂留侍左右。至元元年（一二六四），拜光禄大夫，位太保，参与中书省事，为开国元勋。卒赠太傅，封赵国公，谥文贞。刘秉忠自幼好学，至老不衰，斋居蔬食，终日淡然，自号藏春散人，每以吟咏自适，有《藏春散人集》六卷传世。现存小令十二首。

【南吕·干荷叶】[1]

南高峰，北高峰，惨淡烟霞洞[2]。宋高宗，一场空，吴山依旧酒旗风[3]。两度江南梦[4]。

又

脚儿尖，手儿纤，云髻梳儿露半边。脸儿甜，话儿粘，更宜烦恼更宜忺[5]。直恁风流倩[6]。

注释

1 此曲为刘秉忠自度曲，共八首，此选其二。《乐府群珠》收录时，调名下题作“即名漫兴”。

2 “南高峰”三句：杭州西湖有南北高峰，遥遥相对。烟霞洞在南高峰下，为西湖最古老的石洞之一，有五代、北宋时造像。

3 吴山：在西湖东南，春秋时为吴国的南界，故名，俗称城隍山，宋元时此地酒肆林立，十分繁华。酒旗：也叫“酒帘”，旧时店家的店招。杜牧《江南春绝句》：“水村山郭酒旗风。”

4 两度江南梦：五代吴越和南宋两个建都杭州的王朝都相继灭亡。

5 忺（xiān）：高兴，适意。

6 直恁：只这般。倩：美好。

赏析与点评

第一首曲咏史怀古，作者以西湖名景系连到偏安覆亡的南宋王朝，进而联系到同样定都杭州的五代时的吴越；而如今江南美景依旧，酒旗斜矗，繁华如昔，可惜风景不殊而人事已改，两个王朝均已覆亡。曲家饱阅这人世沧桑，抒发了一种超越时代之上的哀感和慨叹。

王和卿

人物简介

王和卿，大名（今河北）人。生卒年及姓名不详，一说即通许县尹王鼎，字和卿，与关汉卿同时且有交游。元钟嗣成《录鬼簿》列为前辈名公。明朱权《太和正音谱》称之为词林英杰。善作滑稽戏谑之曲，当时名播天下。现存散曲小令二十一首，多滑稽俏皮之作，有的流于油滑恶趣。

【仙吕·醉中天】咏大蝴蝶[1]

弹破庄周梦[2]，两翅驾东风，三百座名园一采一个空。难道风流种[3]，吓杀寻芳的蜜蜂。轻轻的飞动，把卖花人扇过桥东[4]。

注释

1 元陶宗仪《南村辍耕录》载："大名王和卿，滑稽佻达，传播四方。中统初，燕市有一蝴蝶，其大异常，王赋《醉中天》小令云云，由是其名益著。"此曲或为讥讽风流好色的权贵豪强而作。也有人认为此曲乃是调侃风流倜傥的关汉卿。

2 弹破庄周梦：弹，一作"挣"。《庄子·齐物论》："昔者庄周梦为胡蝶，栩栩然胡蝶也，自喻适志与，不知周也。俄然觉，则蘧蘧然周也。不知周之梦为胡蝶与，胡蝶之梦为周与？周与胡蝶，则必有分矣。此之谓物化。"庄周梦中化为蝴蝶，醒来后，分辨不清是庄周在梦里化成了蝴蝶，还是蝴蝶在梦里化成了庄周。庄子以梦蝶故事比喻人生如梦。这里借庄周梦的被弹破来形容蝴蝶之大。

3 风流种：本指才华出众、举止潇洒的人物，此指拈花惹草的好色之徒。

4 扇：一作"搧"，指搧风。

赏析与点评

这首曲乃戏谑之作，极其夸张，曲中所咏之蝴蝶大得异常，有如庄子笔下的"其翼若垂天之云"的大鹏一般，而且采花之时三百座名园的花朵可一采而空，可谓吓人。这只蝴蝶显然是虚构和想象之物，且有深广的寓意。

不管是讥讽权贵，抑或是调侃关汉卿，都暗蕴曲家牢骚之气，而这种风格正是元代戏谑体小令的典型。

白　朴

人物简介

白朴（一二二六至一三〇六），字仁甫，又字太素，号兰谷。祖籍隩州（今山西河曲），后徙居真定（今河北正定）。父白华，为金枢密院判官，与元好问有通家之谊。白朴七岁遭蒙古侵金之难，由元好问携带避难山东，寓居聊城，抚养长大。金亡后，不愿出仕，后移家金陵，与诸遗老往还，寄情于山水、诗酒之间。有词集《天籁集》传世。尤工于曲，与关汉卿、马致远、郑光祖并称“元曲四大家”。作杂剧十六种，今存《梧桐雨》、《墙头马上》、《东墙记》三种。另有小令三十七首，套数四篇。杂剧散曲以绮丽婉约见长，元代曲家中属一流。

【仙吕·寄生草】饮[1]

长醉后方何碍[2]，不醒时有甚思[3]。糟腌两个功名字，醅渰千古兴亡事，曲埋万丈虹霓志[4]。不达时皆笑屈原非[5]，但知音尽说陶潜是[6]。

注释

1 饮：此曲一说是范康（字子安）所作，曲题《酒》，为其《酒色财气》四首之一。

2 方何碍：却何碍。方，却。

3 甚思：什么思虑。

4 “糟腌”三句：对仗工整，为鼎足对。糟腌，用酒糟浸渍食物。醅渰（pēiyān），用劣酒浸泡。渰，通“淹”。曲，酒曲，酿酒用的发酵物。虹霓志，气贯长虹的豪情壮志。

5 “屈原”句：指屈原因推行举贤授能、修明法度的“美政”而遭放逐，理想破灭，其后儒家士子多责其“不识时务”，此处反用其意。不达时，不识时务。

6 知音：知己。是：正确。陶潜：即陶渊明，因其淡泊名利，且喜好饮酒，故以陶渊明结句，紧扣题旨。

赏析与点评

此曲看似旷达，实多愤激。通篇以饮酒贯穿，就连用屈原典故时也是抓住屈原有“众人皆醉我独醒”之语；用陶潜典，也是紧扣其弃官归乡、饮酒自适的经历而言。中间“糟腌”鼎足对三句更是将世间功名、家国兴亡以及个人的雄心壮志都淹没于酒中，于酒可谓极致。然而这看似旷达的背后，有深意寓焉。正是这个社会和时代使然，士人只能如此，毫无作为，功名、家国以及事业、理想只能寄诸饮酒，可谓沉痛之至。

【中吕·阳春曲】知几[1]

知荣知辱牢缄口[2]，谁是谁非暗点头，诗书丛里且淹留[3]。
闲袖手，贫煞也风流[4]。

又

不因酒困因诗困[5]，常被吟魂恼醉魂[6]，四时风月一闲身[7]。
无用人，诗酒乐天真[8]。

注释

1 白朴《中吕·阳春曲》以“知几”为题者共四首，元曲中这种声调格律完全相同的曲词重复填写，称为“重头”。今选其中两首。知几（jī）：了解事物发生变化的关键和先兆。《易·系辞下》：“几者，动之微，吉之先见者也。君子见机而作，不俟终日。”几：同“机”，预兆。

2 知荣：就是懂得“持盈保泰”的道理。知辱：就是要懂得“知足不辱”的道理。《老子·二十八章》：“知其荣，守其辱，为天下谷。”缄口：闭口不言。《说苑·敬慎》：“孔子之周，观于太庙，右陛之前，有金人焉，三缄其口，而铭其背曰：古之慎言人也。”

3 淹留：停留。屈原《离骚》：“时缤纷其变易兮，曾何足以淹留。”

4 贫煞：极其贫穷。此句化用元好问《阮郎归》：“诗家贫煞也风流。”

5 酒困：谓饮酒过多，为酒所困。诗困：谓诗思枯竭，终日苦吟。

6 吟魂：指作诗的兴致，也叫“诗魂”。醉魂：指饮酒过度的精神状态。

7 四时：一指春、夏、秋、冬四季。风月：指清风明月等自然景物。欧阳修《玉楼春》：“人生自是有情痴，此恨不关风与月。”

8 天真：指没有做作和虚伪、不受世俗影响的天性。

赏析与点评

这两首曲皆避世之词，表现了白朴的处世态度和生活哲学。作者这样安贫乐道、寄情诗酒、不问世事、明哲保身，既是个人生活旨趣，也同社会现实相关，正是这种黑暗高压的时代，迫使他这样的遗民看破荣辱、淡泊名利，自然也远离世事。在曲中表达这种情怀的人，在元代曲家中比比皆是。

【越调·天净沙】[1] 春

春山暖日和风，阑干楼阁帘栊[2]，杨柳秋千院中。啼莺舞燕，小桥流水飞红[3]。

秋

孤村落日残霞，轻烟老树寒鸦，一点飞鸿影下[4]，青山绿水，白草红叶黄花。

注释

1 白朴的《越调·天净沙》共八首，以春、夏、秋、冬为题，分为两组，今选其中两首。

2 帘栊：窗户上的帘子。李煜《捣练子》："无奈夜长人不寐，数声和月到帘栊。"

3 飞红：落花。

4 飞鸿：秋雁。

赏析与点评

词、曲有雅俗之分，词尚典雅、含蓄，而曲贵通俗、直率。元曲源于"俗谣俚曲"，而到了文人手中后，也有注重文采的一派。这种雅化近于词。白朴这两首《天净沙》就是代表。一写春景，一写秋景，纯以白描手法，却能写出意境。其中秋景一曲与马致远《天净沙·秋思》有异曲同工之妙。这种意象并置的手法、特选情境的营建，构成了丰富的情感内涵，让人神往。

【双调·沉醉东风】渔父

黄芦岸白苹渡口[1]，绿杨堤红蓼滩头[2]。虽无刎颈交[3]，却有忘机友[4]，点秋江白鹭沙鸥[5]。傲煞人间万户侯[6]，不识字烟波钓叟。

注释

1 黄芦：枯黄的芦苇。白苹：一种水中浮草。

2 红蓼（liǎo）：开着红花的水蓼。多生长在水边，秋日开花，呈淡红色。

3 刎颈交：生死之交。

4 忘机：消除机诈之心。李商隐《太仓箴》："海翁忘机，鸥故不飞。"机，指机心。《庄子·天地篇》："有机械者必有机事，有机事者必有机心。"

5 白鹭沙鸥：《列子·黄帝篇》："海上之人有好鸥鸟者，每旦之海上，从鸥鸟游，鸥鸟之至者百住而不止。其父曰：'吾闻鸥鸟皆从汝游，汝取来，吾玩之。'明日之海上，鸥鸟舞而不下也。"此处用鸥鸟典正是照应前文"却有忘机友"句。

6 万户侯：古代贵族的封邑以户口计算，汉时分封诸侯，大者食邑万户，后用来指代高官显贵。

赏析与点评

这首曲子咏渔父，刻画了渔父优雅的生活环境和单纯的生活。渔父避世独立，与鸥鹭为盟，忘却世俗机心，这种高尚的品德正是能够笑傲人间权贵的资本。这其实也是曲家的自画像。联系到白朴自身的经历，终身不仕，也能窥见渔父形象所自。元曲中多见以渔夫、樵夫为题者，多暗寓归隐之志，此即其一。

王　恽

人物简介

王恽（一二二七至一三〇四），字仲谋，别号秋涧，卫州汲县（今河南省汲县）人。元代著名学者、文学家、书法家。历官世祖、成宗两朝，任翰林修撰、通知制诰、兼国史院编修，后历任御史台、监察御史、翰林待制拜朝列大夫、嘉议大夫等职。卒赠翰林学士承旨，追封太原郡公，谥文定。精于书画，为世称誉。《元史》有传。著有《秋涧先生大全文集》一百卷。今存小令四十一首。

【正宫·黑漆弩】游金山寺并序[1]

邻曲子严伯昌，尝以《黑漆弩》侑酒。省郎仲先谓余曰[2]：『词虽佳，曲名似未雅。若就以《江南烟雨》目之，何如？』予曰：『昔东坡作《念奴曲》[3]，后人爱之，易其名曰《酹江月》，其谁曰不然？』仲先因请余效颦，遂追赋《游金山寺》一阕，倚其声而歌之。昔汉儒家畜声妓[4]，唐人例有音学[5]。而今之乐府，用力多而难为工，纵使有成，未免笔墨劝淫为侠耳。渠辈年少气锐，渊源正学，不致费日力于此也[6]。其词曰：

苍波万顷孤岑矗，是一片水面上天竺[7]。金鳌头满咽三杯[8]，吸尽江山浓绿。蛟龙虑恐下燃犀[9]，风起浪翻如屋。任夕阳归棹纵横，待偿我平生不足。

注释

1 元人作《黑漆弩》曲最著名的是白无咎，因其所作《黑漆弩》中有“鹦鹉洲边住”句而称《鹦鹉曲》。王恽序中所言邻居使人唱的《黑漆弩》曲就是白无咎之作。后此曲也因王恽此作而称《学士吟》。

2 省郎：中书省郎中或员外郎。

3 《念奴曲》：指苏轼词《念奴娇·赤壁怀古》。

4 声妓：指女乐、歌女。

5 音学：近代词学家朱孝臧认为是“音乐”之误。

6 日力：光阴，时光。

7 天竺：此指佛寺。

8 金鳌：金山的最高峰，称金鳌峰。

9 “蛟龙”句：《晋书·温峤传》：“至牛渚矶，水深不可测。世云其下多怪物。峤遂燃犀角而照之。须臾，见水族覆火，奇形异状，或乘马车着赤衣者。峤其夜梦人谓己曰：‘与君幽明道别，何意相照也？’意甚恶之。”古人以为水深多有怪，以宝物照之，可使其现出原形。此处用此典以描绘水急浪高。

赏析与点评

这首曲写游金山寺，实际上就是游金山，全曲以夸张雄奇的语言描写了杭州金山风光，而曲家想象自己一口吸尽江山春色，豪气干云。结句的追步美景，不畏艰难，不思归途，既是写自然，也是写人生，境界开阔，是王恽曲中佳作。

胡祗遹

人物简介

胡祗遹（yù）（一二二七至一二九三），字绍开，号紫山，磁州武安（今河北省磁县）人。元代著名学者、文学家。元世祖至元元年（一二六四），授任应奉翰林文字，兼太常博士，转任左右司员外郎。后出为河东山西道提刑按察副使。元灭宋统一全国后，历任宣慰副使、提刑按察使等职。时阿合马专权，任用奸小，胡祗遹为官刚正，得罪阿合马，被贬太原路治中，所到之处锄强扶弱、推行教化，颇受民众爱戴。晚年诏拜翰林学士，托病不就。卒谥文靖，赠礼部尚书。著有《紫山大全集》二十六卷传世。《元史》有传。现存小令十一首。

【双调·沉醉东风】

渔得鱼心满意足[1]，樵得樵眼笑眉舒[2]。一个罢了钓竿，一个收了斤斧[3]，林泉下相遇。是两个不识字渔樵士大夫[4]，他两个笑加加的谈今论古[5]。

注释

1 渔得鱼：捕到鱼。

2 樵得樵：砍到柴。

3 斤斧：斧头。

4 不识字渔樵士大夫：渔夫、樵民虽然不识字，却有士大夫难得的淡泊胸襟。

5 笑加加：笑哈哈。

赏析与点评

此曲亦吟咏隐者，曲中的渔夫、樵民即为隐者之写照。可与白朴《沉醉东风·渔父》参看。

卢　挚

人物简介

卢挚（一二三五至一三一四），字处道，一字莘老。号疏斋，又号嵩翁。涿郡（今河北省涿州市）人。元世祖至元五年（一二六八）进士，累迁少中大夫，河南路总管，湖南、江东道联防使，后入为翰林学士，迁承旨。其诗文均名著于时，与刘因、姚燧齐名，世称“刘卢”、“姚卢”。著有《疏斋集》、《疏斋后集》（皆佚），今人李修生编有《卢疏斋集辑存》。今存散曲一百二十余首，均为小令。

【双调·寿阳曲】别珠帘秀[1]

才欢悦，早间别[2]，痛煞煞好难割舍。画船儿载将春去也[3]，空留下半江明月。

夜忆

灯将灭，人睡些，照离愁半窗残月。多情直恁的心似铁[4]，辜负了好天良夜[5]。

注释

1 卢挚《双调·寿阳曲》共九首，此选其中两首。珠帘秀，元代著名歌伎，与当时许多曲家都有交往，卢挚、关汉卿、胡祗遹等名家与其互有赠答。

2 早：就，已经。间别：离别。

3 "画船"句化用俞国宝《风入松》："画船载取春归去，余情付湖水湖烟。"将：语气助词。春：本指春色，此处代指珠帘秀。

4 直恁的：竟然如此。

5 好天良夜：大好时光。

赏析与点评

全曲通透而雅致，没有直接描绘珠帘秀的美貌，而重在突出分别之后的感受，结以春去空留半江明月，含蓄蕴藉。而关汉卿等人赠予珠帘秀之曲多从其容貌妆饰着笔，境界不如此曲。

【双调·殿前欢】[1]

酒杯浓，一葫芦春色醉山翁[2]，一葫芦酒压花梢重。随我奚童[3]，葫芦乾兴不穷。谁与共，一带青山送。乘风列子[4]，列子乘风。

又

酒新篘[5]，一葫芦春醉海棠洲，一葫芦未饮香先透。俯仰糟丘[6]，傲人间万户侯。重酣后，梦景皆虚谬。庄周化蝶，蝶化庄周[7]。

注释

1 卢挚《双调·殿前欢》共十首，此选其中两首。《殿前欢》末两句一般对仗或回文，是此曲特有的标志。

2 葫芦：形似葫芦的酒器。春色：洞庭春色的缩语，酒名。苏轼《洞庭春色赋序》：“安定郡王以黄柑酿酒，名之曰洞庭春色。”山翁：指晋代的山简，山涛之子。他性嗜酒，镇守襄阳时经常在外饮酒，至酩酊大醉。李白《襄阳歌》：“旁人借问笑何事，笑杀山翁醉似泥。”这里作者以山简自比。

3 奚（xī）童：小仆人。按“奚”为古代奴隶的一种称呼。

4 列子：名御寇，战国时人，好道术，据说能乘风而行，是传说中得道的“至人”。此处用列子乘风的典故说自己怡然自得，飘然若仙。

5 篘（chōu）：用竹篾编成的滤酒器具。“酒新篘”指酒刚刚酿成。

6 糟丘：酒糟堆成的小丘。

7 “庄周化蝶”句：庄周梦中化为蝴蝶，醒来后不辨真幻，不知是自己化为蝴蝶，还是蝴蝶化为了庄周。

赏析与点评

这两首曲子描写饮酒，展现了曲家快意人生、任性自然的精神境界。这种境界也就是道家所追求的“至人”之境。曲中所用两处人物典故很好地映衬了这一点，一个是御风而行的列子，一个是莫辨真幻的庄周，都是超然物外的人物。曲中“葫芦”一词出现四次，以葫芦贯穿两曲，丝毫不见重复，反觉酣畅爽快，正是曲之特色。

【双调·蟾宫曲】

想人生七十犹稀，[1]百岁光阴，先过了三十[2]。七十年间，十岁顽童，十载尪羸[3]。五十岁除分昼黑，刚分得一半儿白日。风雨相催，兔走乌飞[4]。仔细沉吟，都不如快活了便宜。

注释

1 "想人生"句：化用杜甫《曲江》诗"酒债寻常行处有，人生七十古来稀"。

2 此句意为，因为人生七十古来稀，活到七十的很少，那么百岁光阴就先去了三十岁。过了：去了，除了。

3 尪（wāng）：跛。羸（léi）：瘦弱。

4 兔走乌飞：古代神话传说中，月中有兔，日中有三足乌，故以"兔走乌飞"比喻日月的运行，代指光阴流逝。

【双调·蟾宫曲】丽华[1]

叹南朝六代倾危[2]，结绮临春[3]，今已成灰。惟有台城[4]，挂残阳水绕山围[5]。胭脂井金陵草萋[6]，后庭空玉树花飞[7]。燕舞莺啼，王谢堂前[8]，待得春归。

注释

1 丽华：即张丽华，南朝陈后主的宠妃。后主兴建临春、结绮、望仙三阁，自居临春，让她住在结绮，游宴无度。隋军攻破建康，张丽华与后主逃匿井中，被杀。

2 南朝六代：指三国时的吴、东晋及南朝的宋、齐、梁、陈，它们都以建康（今江苏南京）为都城，历史上合称为六朝。

3 结绮临春：陈后主、张丽华所居住的宫殿名。

4 台城：六朝帝王君住的地方和皇宫所在地，故址在今南京市鸡鸣山北。

5 水绕山围：化用刘禹锡《石头城》：“山围故国周遭在，潮打空城寂寞回。”

6 胭脂井：又名辱井，即陈朝景阳宫内的景阳井。陈后主和张丽华曾躲入井内，后人因称它为胭脂井。金陵：南京市的别称。

7 后庭：指陈后主所作《玉树后庭花》曲，其词哀怨靡丽，被称为亡国之音。杜牧《夜泊秦淮》：“商女不知亡国恨，隔江犹唱后庭花。”

8 “燕舞”二句：暗用刘禹锡《乌衣巷》诗句“旧时王谢堂前燕，飞入寻常百姓家”。王、谢，东晋时王导、谢安两大豪门世族。

赏析与点评

这是一首咏史之曲，吟咏六朝兴废之事，曲语雅致，感慨深沉，与刘禹锡《金陵怀古》、王安石《桂枝香·金陵怀古》等著名咏史诗词相比亦毫不逊色。

【双调·殿前欢】

沙三伴哥来嗏[1]，两腿青泥，只为捞虾。太公庄上，杨柳阴中，磕破西瓜[2]。小二哥昔涎剌塔[3]，碌轴上淹着个琵琶[4]。看荞麦开花，绿豆生芽。无是无非，快活煞庄稼。

注释

1 沙三伴哥：沙三和伴哥都是元曲中常用的村农名字。嗏：语气词，仅见于曲。

2 磕破：撞破，砸开。

3 昔涎剌塔：形容垂涎的样子。剌塔，肮脏。

4 碌轴：农家用来滚压土地、碾脱谷粒的大石磙。因农家少年常常较为瘦弱，要趴在石磙上，形如琵琶。

赏析与点评

这是一首田园曲，卢挚以轻松欢快而又生动俏皮的语言将夏日农家风味写得活灵活现。三个农村少年滑稽可爱，形象突出，加以富有生机的环境，组成一幅和谐的田园图。

珠帘秀

人物简介

珠帘秀，生卒年不可考。本姓朱，排行第四，人称朱四姐，元代著名歌伎，主要活动时间在至元、大德年间（一二六四至一三〇七）。她的戏曲表演艺术独步当时，后辈称为“朱娘娘”， 当时著名曲家胡祗遹、王恽、卢挚、冯子振、关汉卿等人与她都有词曲赠答。

【双调·寿阳曲】答卢疏斋[1]

山无数，烟万缕，憔悴煞玉堂人物[2]。倚篷窗一身儿活受苦[3]，恨不得随大江东去[4]。

注释

1 卢挚有《双调·寿阳曲》别珠帘秀（见前），此为珠帘秀的回赠之曲。

2 玉堂人物：指卢疏斋。宋太宗赐匾“玉堂之署”给翰林院，其后即称翰林院为玉堂。卢挚曾官翰林学士，故曰“玉堂人物”。

3 倚篷窗：指倚着船窗（思念情人）。

4 大江东去：苏轼《念奴娇·赤壁怀古》成句。

赏析与点评

这首曲是回赠给卢挚的，带有即兴的性质。因为卢挚在赠曲中有言，“画船儿载将春去也，空留下半江明月”，故珠帘秀戏答曰：“倚篷窗一身儿活受苦，恨不得随大江东去。”表示自己也是相思不尽，直欲纵身东流之水才能解相思之愁。

姚燧

人物简介

姚燧（一二三八至一三一三），字端甫，号牧斋，河南洛阳人。少时丧父，为伯父所抚养。及长，就学于国子祭酒许衡。元世祖至元年间，历官奉议大夫，陕西、四川、中兴等路提学，入为翰林直学士。元武宗至大元年（一三〇八），征为太子宾客，升翰林学士承旨。次年，授荣禄大夫、翰林学士承旨知制诰兼修国史。时人共推为名儒，文章宗师，比之以唐之韩昌黎、宋之欧阳修。曾主持修撰《世祖实录》，有《牧斋文集》五十卷。《元史》有传。现存小令二十九首，套数一篇。

【中吕·满庭芳】[1]

天风海涛，昔人曾此，酒圣诗豪[2]。我到此闲登眺，日远天高。山接水茫茫渺渺[3]，水连天隐隐迢迢[4]。供吟笑。功名事了，不待老僧招[5]。

注释

1 姚燧《中吕·满庭芳》共两首，此选其一。

2 酒圣：指刘伶，“竹林七贤”之一。性嗜酒，曾作《酒德颂》，蔑视礼教。诗豪：指刘禹锡。《唐书·刘禹锡传》：“（禹锡）素善诗，晚节尤精。与白居易酬复颇多，居易以诗名者，尝推为诗豪。”辛弃疾《念奴娇》（双陆和陈和仁韵）：“少年横槊，酒圣诗豪余事。”

3 茫茫渺渺：山水相连、辽阔无边的样子。

4 隐隐迢迢：水天相接，看不清晰、望不到边的样子。杜牧《寄扬州韩绰判官》：“青山隐隐水迢迢，秋尽江南草未凋。”

5 不待：不用。

赏析与点评

此曲吟咏归隐之志，元代前期散曲多表现男女之情，而此曲用来抒怀，而且刚健雄阔，气势不凡，有苏辛词的豪放气概。

【中吕·阳春曲】[1]

笔头风月时时过[2]，眼底儿曹渐渐多[3]。有人问我事如何。人海阔[4]，无日不风波[5]。

注释

1 姚燧《中吕·阳春曲》凡四首，今选其一。

2 笔头风月：写作生涯。

3 儿曹：儿女们，这里指晚辈。

4 人海：比喻人世间。

5 风波：这里用来比喻人事的纠纷和仕途的艰险。白居易《除夜寄微之》："家山泉石寻常忆，世路风波仔细谙。"

【中吕·醉高歌】感怀[1]

十年燕月歌声[2]，几点吴霜鬓影[3]。西风吹起鲈鱼兴[4]，已在桑榆暮景[5]。

又

十年书剑长吁[6]，一曲琵琶暗许[7]。月明江上别湓浦[8]，愁听兰舟夜雨。

注释

1 姚燧《中吕·醉高歌》凡八首，今选其中两首。

2 “十年燕月”句：这是作者对自己大半生宦场生涯的概括。“燕月歌声”指在大都（今北京）任职期间较为清闲的生活。

3 吴霜鬓影：指出任江东（今江苏一带，为古吴国地）廉访使的一段生活。此时作者已届晚年。

4 鲈鱼兴：《世说新语》：“张季鹰（即张翰，字季鹰）在洛，见秋风起，因思吴中菰菜、莼羹、鲈鱼脍，曰：‘人生贵得适意尔，何能恋宦数千里，以要名爵。’遂命驾归吴。”这句话指自己已有弃官还乡的想法。

5 桑榆暮景：落日余辉返照在桑榆树梢上，比喻人生晚年。

6 十年书剑：数十年来的宦游生活，与“十年燕月”类似。书剑，代指文人的游宦生涯。长吁：长叹。

7 一曲琵琶暗许：白居易作《琵琶行》赠歌女云：“同是天涯沦落人，相逢何必曾相识。”许，称许，称赞。

8 湓（pén）浦：在今江西九江市西湓水入长江处，白居易《琵琶行》诗序中称为“湓浦口”。

赏析与点评

这两首曲都是抒写人生感喟。晚年姚燧外任为官，心里渐起归隐之思，故回顾自己半生宦游，而感慨无限。以曲抒发人生感慨，委婉深沉而又真挚动人，与传统典雅的诗词已无多大差别。

陈草庵

人物简介

陈草庵（一二四五至一三二〇），字彦卿，号草庵，大都人。生平事迹不详。钟嗣成《录鬼簿》将其列为“前辈已死名公，有乐府行于世者”，并说其曾为中丞。孙楷第《元曲家考略》谓其名英，大德七年（一三〇三）三月曾奉使宣抚江西、福建，延佑初以左丞往河南经营管理钱粮，寻拜为河南行省左丞。今存小令《叹世》二十六首。

【中吕·山坡羊】叹世[1]

晨鸡初叫，昏鸦争噪，那个不去红尘闹[2]。路遥遥，水迢迢，功名尽在长安道[3]，今日少年明日老。山，依旧好；人，憔悴了！

又

江山如画，茅檐低凹。妻蚕女织儿耕稼。务桑麻，捕鱼虾，渔樵见了无别话。三国鼎分牛继马[4]。兴，也任他；亡，也任他。

注释

1 陈草庵所作《中吕·山坡羊》以“叹世”为题，凡二十六首，今选其中两首。

2 红尘：尘世，人世。此句以昏鸦争噪讽刺了人世间的名利纷争。

3 长安：汉唐两代京城，后泛指都城。此句意谓求取功名的人都奔波在去京城的路上，与前句“昏鸦争噪”呼应。

4 三国鼎分牛继马：三国鼎分，指东汉王朝灭亡后出现的魏、蜀、吴三国分立局面。牛继马，据《晋书·元帝纪》记载，司马氏建立的西晋覆灭后，在南方建立东晋的元帝是他母亲私通牛姓小吏而生。

赏析与点评

这两首曲子都是消极愤世之词。前一首讥刺了世人看不透名利二字，整日纷纷攘攘追名逐利，最后往往以徒劳收场的行为。第二首颇像对第一首的回复，历史兴亡不过是政客们的游戏罢了，真正得享天年、得享自然之乐的倒是那些隐士农夫。这两首曲子出语激愤，讽刺性强，一半是实感，一半也是无奈。

奥敦周卿

人物简介

奥敦周卿，生卒年不详，女真族人。姓奥敦，名希鲁，字周卿，号竹庵。元初人。至元六年（一二六九）曾为怀孟路（今河南境内）总管府判官，后历任河南、河北道提刑司佥事，任江西、江东宪使、澧州路总管，至侍御史。今存小令两首，套数三曲。

【双调·蟾宫曲】

西湖烟水茫茫，百顷风潭，十里荷香[1]。宜雨宜晴，宜西施淡抹浓妆[2]。尾尾相衔画舫[3]，尽欢声无日不笙簧[4]。春暖花香，岁稔时康[5]。真乃上有天堂，下有苏杭。

注释

1 “十里荷香”句：化用宋柳永《望海潮》：“重湖叠巘清嘉，有三秋桂子，十里荷花，羌管弄晴，菱歌泛夜，嬉嬉钓叟莲娃。”

2 “宜雨宜晴”两句：化用宋苏轼《饮湖上初晴后雨》：“水光潋滟晴方好，山色空濛雨亦奇。欲把西湖比西子，淡妆浓抹总相宜。”

3 “尾尾”句：意谓画船很多，连绵不断。

4 笙簧：代指音乐。笙，一种吹奏乐器；簧，笙中之簧片。

5 岁稔（rěn）时康：年成丰收，天下太平。稔，庄稼成熟。

赏析与点评

这首曲赞颂了元时杭州城的繁华与兴盛。元灭南宋后，杭州成为许多蒙古贵族的天堂，他们日日在西湖宴游，此曲即明证。

关汉卿

人物简介

关汉卿，晚号己斋叟，大都（今北京市）人。生卒年不详，约生于金末，卒于元成宗大德年间（一二九七至一三〇七）。钟嗣成《录鬼簿》说他曾做过“太医院尹”。关汉卿是元代最伟大的戏剧家，与马致远、白朴、郑光祖并称“元曲四大家”，其杂剧成就最为突出，一生创作杂剧六十余种，现存十八种，如《窦娥冤》、《单刀会》、《救风尘》等，皆脍炙人口。现存小令五十八首，套数十一篇。近人王国维甚为推崇，其《宋元戏曲史》称：“关汉卿一空倚傍，自铸伟词，而其言曲尽人情，字字本色，故当为元人第一。”

【双调·大德歌】 夏[1]

俏冤家[2]，在天涯，偏那里绿杨堪系马[3]。困坐南窗下，数对清风想念他[4]。蛾眉淡了教谁画[5]，瘦岩岩羞带石榴花[6]。

秋

风飘飘，雨潇潇，便做陈抟睡不着[7]。懊恼伤怀抱，扑簌簌泪点抛[8]。秋蝉儿噪罢寒蛩儿叫[9]，淅零零细雨打芭蕉[10]。

注释

1 关汉卿曾以《双调·大德歌》分咏春、夏、秋、冬四季，此选两篇。

2 俏冤家：对所爱之人的昵称。

3 “偏那”句：偏偏只有那里留得住。

4 数对：屡次相对，频频地对着。

5 蛾眉：女子一种细长的眉妆。

6 瘦岩岩：瘦骨嶙峋的样子。石榴花：泛指红色的花。

7 陈抟（tuán）：此处乃借陈抟之能睡反衬女子之难以入眠。陈抟，五代末、北宋初的著名道士。字图南，自号扶摇子，曾修道于华山，赵匡胤征辟不就，据说常酣睡百日不醒。

8 扑簌簌：眼泪直流的样子。

9 秋蝉、寒蛩：即知了和蟋蟀。这两种昆虫容易引起人们的秋思哀愁。

10 “淅零零”句：形容细雨蒙蒙。细雨打芭蕉，出自杜牧《八六子》：“听夜雨，冷滴芭蕉。”

赏析与点评

关汉卿的《双调·大德歌》分咏四季皆写男女之情，全篇通透活泼，大量口语入曲，正是曲的当行本色，部分曲词中融入传统诗词中的雅词，如《秋》中的“细雨打芭蕉”意象，俗中带雅，别有韵味。

【双调·大德歌】

双渐苏卿[1]

绿杨堤，画船儿，正撞着一帆风赶上来。冯魁吃的醺醺醉，怎想着金山寺壁上诗？醒来不见多姝丽[2]，冷清清空载明月归。

又

郑元和[3]，受寂寞，道是你无钱怎奈何。哥哥家缘破，谁着你摇铜钱唱挽歌[4]。因打亚仙门前过[5]，恰便是司马泪痕多。

注释

1 双渐苏卿：宋元时民间故事，流传甚广。略云：庐州妓女苏小卿与书生双渐交好，双渐出外，久之不归，其母暗与茶商冯魁定计，将苏小卿卖与冯魁。小卿趁茶船过金山寺时，题诗于壁以示双渐。双渐追赶至豫章城（今江西南昌），四处寻访，后来船至金山寺，见苏卿在寺壁留下的诗句，赶到临安，二人终于团聚。

2 多姝丽：美女，此指苏小卿。

3 郑元和：唐代民间故事，传奇、戏曲多有歌咏。书生郑元和上京应试，遇见妓女李亚仙，交好缠绵，以致延误考期，床头金尽之后被老鸨赶出妓院，其后以唱挽歌维生。其父上京偶遇郑元和，痛恨至极，将他打死，抛尸野外，恰被乞丐救活，从此沦为乞丐。李亚仙在街头认出元和，不顾一切尽心照顾，又激励他赶考。元和终于高中榜首。其父得知后，也不再计较亚仙身份，娶她为媳。安史之乱中，郑氏父子保驾有功，俱登高位，亚仙也被封为“国夫人”。

4 唱挽歌：指郑元和财物散尽后，被迫以唱挽歌为生。

5 “因打”句：指李亚仙发现在风雪中饥寒交迫的郑元和之事。

【中吕·普天乐】咏崔张十六事其一

张生赴选

碧云天，黄花地，西风紧，北雁南飞[1]。恨相见难，又早别离易，久已后虽然成佳配，奈时间怎不悲啼[2]。我则断守得一时半刻，早松了金钏，减了香肌[3]。

封书退贼

不念《法华经》[4]，不理梁皇忏[5]，贼人来至，情理何堪。法聪待向前，遍把贼来探。险些把佳人遭坑陷。消不得小书生一纸书缄，杜将军风威勇敢[6]，张秀才能书妙染，孙飞虎好是羞惭。

注释

1 黄花：菊花。西风：秋风。

2 奈：怎耐。

3 "松了金钏"句：指消瘦。

4 《法华经》：著名的佛经之一。

5 梁皇忏：南朝梁武帝信佛，为超度其夫人郗氏所制的慈悲道场忏法。

6 杜将军：指来解围的白马将军杜确。

赏析与点评

《西厢记》作者旧有王实甫作、关汉卿续作说。从关汉卿《中吕·普天乐·咏崔张十六事》可以看出，关词与《西厢记》词联系颇深。《张生赴选》即与王实甫《西厢记》的《长亭送别》相近。《西厢记》的《端正好》曲词为："碧云天，黄花地，西风紧，北雁南飞。晓来谁染霜林醉？总是离人泪。"《滚绣球》曲为："恨相见得迟，怨归去得疾……听得道一声去也，松了金钏；遥望见十里长亭，减了玉肌！"

【双调·沉醉东风】[1]

咫尺的天南地北[2]，霎时间月缺花飞[3]。手执着饯行杯，眼阁着别离泪[4]。刚道得声保重将息[5]，痛煞煞教人舍不得[6]。好去者前程万里[7]。

又

忧则忧鸾孤凤单[8]，愁则愁月缺花残，为则为俏冤家，害则害谁曾惯[9]，瘦则瘦不似今番，恨则恨孤帏绣衾寒，怕则怕黄昏到晚[10]。

注释

1 关汉卿《双调·沉醉东风》共四曲，此选其中两曲。

2 咫尺：周制八寸，指距离之近。

3 霎时间：一会儿，此言时间迅疾。月缺花飞：指情人分离。古人常以“花好月圆”喻男女美满相聚，故以“月缺花飞”喻男女离别。

4 阁着：噙着，含着。

5 将息：调养，休息。李清照《声声慢》：“乍暖还寒时候，最难将息。”

6 痛煞煞：形容非常痛苦的样子。

7 好去者：安慰前行者的套话，意谓“走好”。

8 忧则忧：担忧的是。则，犹现代汉语中的“只”，元曲中多见。鸾凤：凤凰的一类，常用来比喻夫妻。

9 害则害：指害相思病。

10 怕则怕黄昏到晚：化用李清照《声声慢》：“守着窗儿，独自怎生得黑。梧桐更兼细雨，到黄昏点点滴滴。这次第，怎一个愁字了得？”

赏析与点评

这两首曲子从女子角度写别离与相思。前曲写离别之际的情形，陶写淋漓，深情动人，与柳永之《雨霖铃》相比亦不逊色。后曲写别后之相思，以重叠句法将女子离别后的忧、愁、怨、恨、怕写得层层深入，与词相较，更显率直酣畅，风味不同。

【南吕·四块玉】闲适[1]

旧酒投[2]，新醅泼[3]，老瓦盆边笑呵呵[4]。共山僧野叟闲吟和。他出一个鸡，我出一个鹅，闲快活。

又

南亩耕[5]，东山卧[6]，世态人情经历多。闲将往事思量过。贤的是他，愚的是我，争甚么！

注释

1 关汉卿《南吕·四块玉》以“闲适”为题者凡四首，今选其中两首。

2 投：本当作“酘”，酿酒初漉后再投以他酒重酿。

3 醅泼：未滤过的重酿酒。泼，即“酦”。

4 老瓦盆：陈旧粗陋的盛酒器。杜甫《少年行》：“莫笑田家老瓦盆，自从盛酒长儿孙。”又陈暄好饮，客笑暄用陶器，暄云：“莫笑此老瓦盆，多见兴废也。”

5 南亩耕：陶渊明弃官归田之后，即“开荒南野际，守拙归园田”。

6 东山卧：东晋谢安曾隐居东山（今浙江上虞西南），后人多以“高卧东山”比喻隐士。

赏析与点评

这两曲均是歌咏闲情、鄙弃功名利禄之作。前曲赞颂农家生活之闲趣，然以老瓦盆透出历史兴衰来，饱经沧桑之人不是不想有所作为，而最后只能学陶潜、谢安归隐于田园，实是不得已之故也。末句正话反说，愤慨激昂。

【双调·碧玉箫】[1]

怕见春归，枝上柳绵飞[2]。静掩香闺，帘外晓莺啼[3]。恨天涯锦字稀[4]，梦才郎翠被知。宽尽衣[5]，一搦腰肢细[6]；痴，暗暗的添憔悴。

又

秋景堪题[7]，红叶满山溪。松径偏宜[8]，黄菊绕东篱。正清樽斟泼醅[9]，有白衣劝酒杯[10]。官品极[11]，到底成何济[12]？归，学取他渊明醉。

注释

1 关汉卿《碧玉箫》共十首，今选其中两首。

2 柳绵：柳絮，柳花。苏轼《蝶恋花》词："枝上柳绵吹又少，天涯何处无芳草！"

3 帘外晓莺啼：金昌绪《春怨》："打起黄莺儿，莫教枝上啼。啼时惊妾梦，不得到辽西。"

4 锦字：用锦织成的字。窦滔被流放外地，妻子苏蕙织锦为回文诗寄给他，后用以代指情书。

5 宽尽衣：因相思而消瘦。柳永《蝶恋花》："衣带渐宽终不悔，为伊消得人憔悴。"

6 一搦（nuò）：一握，极言其腰肢之细小。

7 堪题：值得写，值得描绘。

8 松径：指隐居的园圃。陶渊明《归去来辞》："三径就荒，松菊犹存。"后句的"东篱"也是暗用陶渊明诗句。

9 泼醅：即酦醅，未滤过的新酿酒。李白《襄阳歌》："遥看汉水鸭头绿，恰似葡萄初泼醅。"

10 白衣劝酒：《宋书·陶渊明传》载："（陶渊明）尝九月九日无酒，出宅边菊丛中坐，久。值（江州刺史王）弘送酒至，即便就酌，醉而后归。"白衣，给官府当差的人。尾句的"渊明醉"即指此。

11 官品极：最高的官阶。

12 成何济：有何用处。济，益处，好处。

【仙吕·一半儿】[1]

碧纱窗外静无人[2]，跪在床前心忙要亲[3]。骂了个负心回转身。虽是我话儿嗔[4]，一半儿推辞一半儿肯。

又

多情多绪小冤家，迤逗得人来憔悴煞[5]。说来的话先瞒过咱。怎知他，一半儿真实一半儿假。

注释

1 《一半儿》曲句式为七、七、七、三、九，最末一句需重复用“一半儿”三字，这是定格。关汉卿《一半儿》共四首，此选其二。

2 碧纱窗：用绿纱做的窗帘。

3 亲：亲吻。

4 虽是我：衬字。嗔：生气。

5 迤（tuó）逗：撩拨。

赏析与点评

关汉卿的《一半儿》组曲写得十分大胆泼辣，曲词直白通透，曲中之人极为生动活泼，这正是曲贵显露、本色当行的一面，与传统诗词写艳情含蓄蕴藉颇为不同，然而品来亦十分自然有趣。

庾天锡

人物简介

庾天锡，生卒年不详。字吉甫，大都（今北京）人。曾任中书省掾，除员外郎、中山（今河北定州）府判。钟嗣成《录鬼簿》将其列于“前辈已死名公才人，有所编传奇行于世者”之列。著有杂剧《骂上元》等十五种，今皆不存。贯云石在《阳春白雪序》中把他和关汉卿并提，杨维桢在《周月湖今乐府序》中也将他与关汉卿相提并论。可见庾天锡在当时之地位。其散曲今存小令七首，套数四篇。

【双调·蟾宫曲】[1]

环滁秀列诸峰[2]。山有名泉，泻出其中[3]，泉上危亭，僧仙好事，缔构成功。[4]四景朝暮不同，宴酣之乐无穷，酒饮千锺[5]。能醉能文，太守欧翁[6]。

又[7]

滕王高阁江干[8]。佩玉鸣鸾，歌舞阑珊[9]。画栋朱帘，朝云暮雨，南浦西山[10]。物换星移几番[11]，阁中帝子应笑，独倚危栏[12]。槛外长江，东注无还[13]。

注释

1 庾天锡这首《蟾宫曲》乃隐括欧阳修《醉翁亭记》一文而成。

2 “环滁”句：此句概括了《醉翁亭记》“环滁皆山也，其西南诸峰，林壑尤美，望之蔚然而深秀者，琅琊也”五句。滁，今安徽滁州。

3 “山有”二句：此是“山行六七里，渐闻水声潺潺，而泻出于两峰之间者，酿泉也”四句的概括。

4 “泉上”三句：这是概括“峰回路转，有亭翼然，临于泉上者，醉翁亭也。作亭者谁，山之僧曰智仙也；名之者谁，太守自谓也”。

5 “四景”三句：这是概括“若夫日出而林霏开，云归而岩穴暝，晦明变化者，山间之朝暮也。野芳发而幽香，佳木秀而繁阴，风霜高洁，水落而石出者，山间之四时也。朝而往，暮而归，四时之景不同，而乐亦无穷也”一段。

6 “能醉”二句：这是概述“醉能同其乐，醒能述以文者，太守也。太守谓谁，庐陵欧阳修也”的语意。

7 这支曲是概括王勃《滕王阁》诗。

8 “滕王”句：这是删改了王勃诗第一句“滕王高阁临江渚”。

9 “佩玉”二句：这是“佩玉鸣鸾罢歌舞”一语的改写。佩玉鸣鸾，都是歌伎衣物上的妆饰品。鸾，响铃。阑珊，是形容歌舞盛况由繁华转向衰微。

10 “画栋”三句：这是“画栋朝飞南浦云，朱帘暮卷西山雨”一联的概括。画栋，涂有彩画的梁栋。这是写滕王殁后滕王阁的冷落情况。

11 “物换”句：这是改写了“物换星移几度秋”一句。

12 “阁中”二句：这是“阁中帝子今何在”句的点化。帝子，指滕王。危栏，高高的栏杆。

13 “槛外”二句：这是改写了“槛外长江空自流”一句。槛，栏杆。长江，这里指赣江。东注，向东奔流。

赏析与点评

庾天锡的这两首《蟾宫曲》分别改写了欧阳修的名作《醉翁亭记》及王勃的《滕王阁诗》，原作乃是文与诗的经典，改写了既能囊括原意，而又出语精整简洁，富有韵味，洵为不易。

【双调·雁儿落过得胜令】[1]

【雁儿落】春风桃李繁，夏浦荷莲间，秋霜黄菊残，冬雪白梅绽[2]。【得胜令】四季手轻翻，百岁指空弹。漫说周秦汉，徒夸孔孟颜。人间，几度黄粱饭。狼山[3]，金杯休放闲。

注释

1 此为带过曲，所谓带过曲即某支曲另连带一两支曲，如《脱布衫》带《小梁州》、《醉高歌》带《红绣鞋》、《骂玉郎》带《感皇恩》等，“带”也即是“过”。宋人词多包括上下两阕（段），元曲小令多为单片（段），故带过曲略相当于两阕（段）或三阕（段）的词。

2 “春风桃李繁”四句：为联璧对，即四句相对的句式，联璧对为元曲巧体之一，这种对仗法诗词中皆少见。

3 狼山：又称紫狼山或紫琅山，在今江苏南通市东南，著名的自然风景区，名胜古迹较多。

王德信

人物简介

王德信，字实甫。大都（今北京）人。生卒年不详，大约与关汉卿同时，钟嗣成《录鬼簿》将其列于“前辈已死名公才人，有所编传奇行于世者”之列，并称“西厢记，天下夺魁”。元代最著名的戏剧家之一，主要创作活动大约在元成宗元贞、大德年间（一二九五—一三〇七）。王实甫早年曾经入仕为官，晚年失志而弃官归隐，优游诗酒之间。贾仲明吊词称其“作词章，风韵美，士林中，等辈伏低”。王实甫著有杂剧十四种，今存《西厢记》、《破窑记》和《丽春园》三种，其中《西厢记》最为著名。今存小令一首。

【中吕·十二月过尧民歌】别情[1]

【十二月】自别后遥山隐隐，更那堪远水粼粼[2]。见杨柳飞绵滚滚，对桃花醉脸醺醺[3]。透内阁香风阵阵[4]，掩重门暮雨纷纷[5]。【尧民歌】怕黄昏[6]忽地又黄昏，不销魂怎地不销魂[7]。新啼痕压旧啼痕，断肠人忆断肠人。今春，香肌瘦几分，缕带宽三寸[8]。

注释

1 此曲用了两种巧体，《十二月》用联珠对，六句接连成对；《尧民歌》用连环体，如“怕黄昏忽地又黄昏”、“断肠人忆断肠人”等。

2 粼粼：水波清澈流动的样子。

3 醺醺：形容醉态。此句暗用崔护《题城南庄》诗：“去年今日此门中，人面桃花相映红。”

4 内阁：深闺，内室。

5 重门：一重又一重的门，指富贵人家庭院极深。

6 怕黄昏：黄昏时候人们容易产生寂寞孤独之感。李清照《声声慢》：“梧桐更兼细雨，到黄昏点点滴滴，这次第，怎一个愁字了得？”

7 销魂：过度刺激而神思茫然。江淹《别赋》：“黯然销魂者，惟别而已矣。”

8 “香肌”二句：形容为离愁而憔悴、消瘦。柳永《蝶恋花》：“衣带渐宽终不悔，为伊消得人憔悴。”

赏析与点评

王实甫善用巧体，前用联珠对，后用连环体，将离情谱写得层层深入，丰富而动人。曲家用前曲写景，后曲抒情，情景结合，又多以叠词和重复手法连缀，品来连贯一体，一气呵成。王实甫尽管小令存世很少，然而一曲足以名世。

马致远

人物简介

马致远（一二五〇至一三二四），号东篱，大都人。他少年时热衷功名，然仕途坎坷。中年始中进士，后曾出任浙江行省务提举官。晚年退出官场，隐居杭州郊外。《太和正音谱》将其列为元曲众家之首，与关汉卿、白朴、郑光祖合称“元曲四大家”，人称“曲状元”。他创作有杂剧十五种，今存《汉宫秋》、《陈抟高卧》、《青衫泪》等七种，以《汉宫秋》最为著名。他还曾参加元贞（一二九五至一二九六）书会，与李时中、红字李二、花李郎等合写了杂剧《黄粱梦》。今存散曲小令一百一十五首，套数十七篇。

【南吕·金字经】[1]

夜来西风里，九天雕鹗飞[2]，困煞中原一布衣[3]。悲，故人知未知？登楼意[4]，恨无上天梯[5]。

注释

1 马致远《南吕·金字经》共三首，今选其一。

2 九天：九重天，天之最高处。李白《望庐山瀑布》："飞流直下三千尺，疑是银河落九天。"鹗（è）：雕一类的猛禽，俗称鱼鹰。孔融《荐祢衡表》："鸷鸟累百，不如一鹗。"雕鹗，比喻有志之士。

3 中原：泛指黄河中、下游地区。布衣：粗布衣服，古时贫贱者所穿的衣服，代指平民。诸葛亮《出师表》："臣本布衣，躬耕南阳。"

4 登楼意：汉末西京丧乱，王粲避难荆州，托附刘表，未能得到赏识，于是作《登楼赋》，以抒发怀才不遇之情。

5 天梯：登天的阶梯，比喻入朝为官的途径。王逸《九思·伤时》："缘天梯兮北上，登太一兮玉台。"

赏析与点评

这首曲曲词慷慨激昂，情感激烈，主要抒发了曲家的怀才不遇之情。马致远的这组《金字经》曲风格与情感都比较接近，应该是他早期作品。

【越调·天净沙】秋思

枯藤老树昏鸦[1]，小桥流水人家，古道西风瘦马[2]。夕阳西下，断肠人在天涯[3]。

注释

1 昏鸦：黄昏时栖息在树上的乌鸦。

2 古道：古老的驿路。张炎《念奴娇》词：“老柳官河，斜阳古道，风定波犹直。”

3 断肠人：指飘泊天涯的旅人，这里是作者自指。

赏析与点评

马致远此曲被推为“秋思之祖”，乃是千古名曲，王国维赞它“纯是天籁”。曲家妙用意象并置的手法，白描秋景、秋旅、秋境，明白如画中渗透点滴淡淡的秋愁，其愁不仅在秋思，更饱含人生之思，语词简洁而意蕴十分丰富。

【南吕·四块玉】叹世[1]

两鬓皤[2]，中年过，图甚区区苦张罗[3]。人间宠辱都参破[4]。种春风二顷田，远红尘千丈波，倒大来闲快活[5]。

又

带月行，披星走，孤馆寒食故乡秋[6]。妻儿胖了咱消瘦。枕上忧[7]，马上愁[8]，死后休。

注释

1 马致远《南吕·四块玉》以“叹世”为题者共九首，此选二首。

2 皤：形容白色。

3 “图甚”句：何必为了贪图什么功名富贵，而去苦苦地筹划呢！区区，形容微小。柳永《满江红》：“游宦区区成底事，平生况有云泉约。”

4 参破：看破。

5 倒大：非常，无比。《西厢记》：“倘或纰缪，倒大羞惭。”毛奇龄注曰：“倒大，绝大也。”来：语气词。

6 孤馆寒食：孤独地在旅馆里度过寒食节。寒食，节气名称，在清明的前一天。

7 枕上忧：梦中的忧虑。徐再思《满江红》：“枕上十年事，江南二老忧，都到心头。”

8 马上愁：路途奔波中引起的愁思。

赏析与点评

这组《叹世》曲皆表现曲家对世俗生活的厌倦，所选两首表现极为突出。人到中年尚且在为功名苦苦奔波挣扎，远非曲家本意，还不如抛开这些腌臜，本色自然地生活呢。

【双调·蟾宫曲】叹世

咸阳百二山河[1]。两字功名，几阵干戈。项废东吴[2]，刘兴西蜀[3]，梦说南柯[4]。韩信功兀的般证果[5]，蒯通言那里是风魔[6]。成也萧何[7]，败也萧何，醉了由他[8]。

注释

1 咸阳：秦国的都城，在今陕西省咸阳市东北二十里。百二山河：形容地势险要。《史记·高祖本纪》云："秦，形胜之国，带山河之险，县隔千里，持戟百万，秦得百二焉。"

2 项废东吴：项，指项羽。项羽在秦末兴兵反秦。灭秦后，自立为西楚霸王，建都彭城（今江苏徐州，为古东吴之地）。后为刘邦击败，被困垓下（今安徽灵璧南），自刎于乌江。故曰"项废东吴"。

3 刘兴西蜀：刘，指刘邦，西汉王朝的创建者。曾经率领军队攻占咸阳，秦亡后，项羽分封诸侯，立他为汉王，最后他从巴蜀、汉中起兵击败项羽，统一天下。故曰"刘兴西蜀"。

4 梦说南柯：唐李公佐《南柯记》传奇说书生淳于棼梦至槐安国，国王招为驸马，并任命他做南柯太守，享尽了荣华富贵，醒来才知道是一场大梦。这里代指刘、项的争霸也如一梦。

5 韩信：汉初大将。在帮助刘邦建立西汉的过程中，立下了汗马功劳，后来却被吕后杀害。兀的：这。也作"兀底"、"兀得"。证果：佛家语，果报，结果。

6 蒯（kuǎi）通：即蒯彻，汉初谋士，后世因避汉武帝刘彻名讳而改名。曾劝韩信背汉，"三分天下，鼎足而居"。韩信不听，乃佯狂为巫。后被刘邦抓到，本欲烹杀，蒯通历数韩信“十罪三愚”，实际上乃是为韩信鸣不平，刘邦感动并赦免了他。风魔：疯癫。

7 萧何：汉初大臣。韩信微贱时，萧何向刘邦推荐韩信担任大将。西汉建立以后，觉得韩信功业显赫，他又同吕后一起除掉了韩信。

8 醉了由他：大醉不醒，哪管他成败是非。

赏析与点评

这首曲借咏史而叹世，讥刺社会现实。曲家将秦末汉初历史重新梳理一遍，感叹历史兴废也不过有如一梦，而人情反复、世态炎凉更是让人无奈，功业名利最后都化为乌有。曲家的感叹和讥刺不可谓不深。

【南吕·四块玉】

临邛市[1]

美貌娘，名家子[2]，自驾着个私奔车儿[3]。汉相如便做文章士，爱他那一操儿琴，共他那两句儿诗[4]。也有改嫁时。

马嵬坡[5]

睡海棠[6]，春将晚，恨不得明皇掌中看[7]。霓裳便是中原患[8]，不因这玉环，引起那禄山，怎知蜀道难。

注释

1 临邛（qióng）：今四川邛崃县。市：市集。

2 名家子：名门之女，指卓文君。

3 私奔车儿：指卓文君与司马相如私奔事。西汉临邛富商卓王孙之女文君，美貌多才，寡居在家。司马相如在卓家宴饮时以琴声挑之，后两人私奔，于临邛开设酒肆，文君当垆卖酒。

4 便做：仅仅是，不过是。一操儿：一曲，琴曲名操。两句儿诗：指司马相如弹琴时吟诵的《凤求凰》："凤兮凤兮归故乡，遨游四海求其凰。"

5 安史之乱时，唐明皇避难西蜀，行至马嵬坡时，发生兵变，要求赐死杨贵妃。玄宗万般无奈，只得赐杨贵妃自缢。

6 睡海棠：宋乐史《杨贵妃外传》："（杨贵妃）时卯睡未醒，命力士从侍儿扶掖而至。上笑曰：'岂是妃子醉，直海棠睡未足耳。'"

7 掌中看：相传汉成帝皇后赵飞燕身轻，能在掌中跳舞。

8 霓裳：即《霓裳羽衣曲》，唐代乐舞，据说杨贵妃善舞此曲。

赏析与点评

马致远的《南吕·四块玉》共十首，都是咏史之曲。所选两首一咏司马相如与卓文君事，一咏唐明皇与杨贵妃事。曲语诙谐幽默，在滑稽中渗透深意。比如咏杨贵妃事，曲家表面上说安史之乱是由杨贵妃引起，实际上却是"恨不得明皇掌中看"，源头还是在唐玄宗那儿。

【仙吕·青哥儿】[1] 正月

春城春宵无价，照星桥火树银花[2]。妙舞清歌最是他[3]，翡翠坡前那人家，鳌山下[4]。

五月

榴花葵花争笑，先生醉读《离骚》[5]。卧看风檐燕垒巢[6]，忽听得江津戏兰桡[7]，船儿闹。

九月

前年维舟寒濑[8]，对篷窗丛菊花开。陈迹犹存戏马台[9]，说道丹阳寄奴来[10]，愁无奈。

十二月

隆冬严寒时节，岁功来待将迁谢[11]。爱惜梅花积下雪[12]，分付与东君略添些[13]，丰年也。

注释

1 马致远的《青哥儿》分咏十二月，此选其中四首。

2 “照星桥”句：元宵佳节时，地上的灯火与天上的银河交相辉映。星桥，指星河，也就是银河。火树银花，形容张灯结彩或者大放焰火的灿烂夜景。

3 最是他：以他为最，数他最好。

4 鳌山：装饰成海龟负山形状的巨型灯火。

5《离骚》：战国末期伟大诗人屈原的长篇抒情诗。

6 风檐：即屋檐。

7 江津戏兰桡（ráo）：指江边渡口人们正在赛龙船。兰桡，本指兰木制成的船桨，此指装饰华美的船。桡，桨。

8 维舟寒濑（lài）：把船停靠在秋天的江湾里。濑，本指激流，这里指水回旋处。

9 陈迹：古迹。戏马台：在今江苏铜山南，东晋义熙年间刘裕（后来的宋武帝）曾在这里大会宾客，饮酒赋诗。

10 “说道”句：公元四〇四年桓玄篡晋，刘裕由京口起兵讨伐。京口（今江苏镇江）与丹阳（今江苏南京）紧邻。寄奴，刘裕的小名。

11 岁功：指四季的轮换。来：语助词。迁谢：到了尽头。

12 “爱惜”句：古人认为用梅花上的积雪烹茶，茶味最美，常常把它扫下贮存起来。

13 东君：春神。

赏析与点评

马致远这十二首《青哥儿》主要描述了十二月中标志性的景致和事物，如正月里的焰火，五月的端午节赛龙舟等，曲词轻松欢快，主要表现了曲家的闲适之情。

【双调·寿阳曲】[1]

远浦归帆

夕阳下，酒旆闲[2]，两三航未曾着岸[3]。落花水香茅舍晚，断桥头卖鱼人散。

潇湘夜雨

渔灯暗[4]，客梦回[5]，一声声滴人心碎[6]。孤舟五更家万里，是离人几行清泪。

江天暮雪

天将暮，雪乱舞，半梅花半飘柳絮[7]。江上晚来堪画处，钓鱼人一蓑归去[8]。

注释

1《寿阳曲》又名《落梅风》，总题为“潇湘八景”，原八首，今选其中三首。

2 酒旆（pèi）：旧时酒店挂起来用来招客的旗帜。

3 航：渡船。

4 渔灯：渔船上的灯火，也就是渔火。张继《枫桥夜泊》：“月落乌啼霜满天，江枫渔火对愁眠。”

5 客梦回：游子的梦醒了。回，苏醒。

6“一声声”句：这是说雨声唤起离人的无限忧愁。温庭筠《更漏子》：“梧桐树，三更雨，不道离情正苦。一叶叶，一声声，空阶滴到明。”

7“半梅花”句：这是以梅花和柳絮来形容白雪。东晋女诗人谢道韫与其季父谢安在家赏雪。谢安问“大雪纷纷何所似”，谢道韫之兄谢朗说：“撒盐空中差可拟。”谢道韫说：“未若柳絮因风起。”众皆叹服。故后世常以柳絮喻雪。

8“钓鱼人”句：柳宗元《江雪》：“孤舟蓑笠翁，独钓寒江雪。”张志和《渔父》：“青箬笠，绿蓑衣，斜风细雨不须归。”本句整合二诗而成。

赏析与点评

马致远的这首组曲以“潇湘八景”为题，很可能是即景而作，曲作中融入的是传统诗词的主题，比如《潇湘夜雨》一曲中表现的是“夜雨客愁”主题，这在古典诗词中比比皆是；《江天暮雪》一曲更是融合柳宗元与张志和的诗意，表现的意境与其一般无二。不能简单地认为这是马致远自身的经历。

白　贲

人物简介

白贲，生卒年不详。字无咎，钱塘人。父白珽，长于诗文。早年随父居杭州、常州，后出仕，曾任忻县知州，至正年间（一三二一至一三二三）曾任温州路平阳州教授（学官名），后为南安路总管府经历。善绘画。长于作曲，人赞云“如太华孤峰”。散曲今存世甚少，仅小令二首，套数三篇。

【正宫·鹦鹉曲】[1]

依家鹦鹉洲边住[2]，是个不识字渔父。浪花中一叶扁舟，睡煞江南烟雨。【幺】[3]觉来时满眼青山[4]，抖擞绿蓑归去。算从前错怨天公，甚也有安排我处[5]。

注释

1 白贲此曲当时甚有名，和者甚多，不乏名家，如卢挚、冯子振、刘敏中等。《阳春白雪》、《太平乐府》、《雍熙乐府》等曲选皆收录。《鹦鹉曲》又名《黑漆弩》、《学士吟》，自白贲此曲一出，因白曲开篇词中有“鹦鹉洲边住”句，后人遂多称为《鹦鹉曲》。

2 侬家：自称，我。鹦鹉洲：地名，在湖北汉阳西南长江中。

3 幺：《幺篇》之省。北曲一般只有一段，若后段即前段的重复（或略有变化），后篇即称《幺篇》，而南曲中一般称《前腔》。

4 觉来时：醒来时。

5 甚：真。

赏析与点评

白贲的《鹦鹉曲》脍炙人口，引起当时及后世无数人唱和，盛况空前。曲作中塑造了一个富有个性的渔父形象，这个渔父既来源于古典诗词中的隐士，如柳宗元的《江雪》、张志和的《渔父》，但又有所创新，这个渔父自我解嘲不识字，错怨了天公，实际上却是对这个社会不公的一种讥刺。这种讥刺极为含蓄，曲词又如此优美，声调错落谐美，引人赞叹，是以人们将之推为曲中之“最上品”。

【双调·百字折桂令】[1]

弊裘尘土压征鞍[2]，鞭倦袅芦花[3]。弓箭萧萧，一迳入烟霞[4]。动羁怀[5]：西风禾黍，秋水蒹葭[6]。千点万点，老树寒鸭。三行两行，写长空哑哑[7]，雁落平沙。曲岸西边，近水涡，鱼网纶竿钓艖[8]。断桥东边，傍西山，竹篱茅舍人家。见满山满谷，红叶黄花。正是伤感凄凉时候，离人又在天涯。

注释

1 此曲一说乃郑光祖之作。

2 弊裘：也作“敝裘”，破旧的衣服。征鞍：远行的鞍马。

3 袅：摇曳的样子。此句意谓游子疲倦无力，马鞭如芦花一样摇曳。

4 一迳：一直。

5 羁怀：游子羁旅的情怀。

6 蒹葭：芦苇。

7 写长空：雁飞空中，像在写字，故说“写长空”。长空，一作“高寒”，指天空。

8 纶竿：钓鱼竿。钓艖（chā）：钓鱼的小船。

赏析与点评

这是一首羁旅之曲，曲家紧扣清秋羁旅，穿插各种表现离人乡愁的意象，多用衬字，舒缓抒情的节奏。曲中之情哀婉绵丽，打动人心，与历代诗词中的羁旅名篇相比也毫不逊色。

鲜于必仁

人物简介

鲜于必仁，字去矜，号苦斋。生平不详。渔阳郡（今北京市密云县）人，元代著名书法家鲜于枢之子，与著名曲家海盐杨梓之二子国材、少中交善。现存小令二十九首。

【双调·折桂令】[1]

芦沟晓月[2]

出都门鞭影摇红，山色空濛，林景玲珑。桥俯危波，车通运塞，栏倚长空。起宿霭千寻卧龙[3]，掣流云万丈垂虹，路杳疏钟，似蚁行人，如步蟾宫[4]。

西山晴雪[5]

玉嵯峨高耸神京[6]。峭壁排银，叠石飞琼，地展雄藩[7]，天开图画，户判围屏。分曙色流云有影，冻晴光老树无声。醉眼空惊，樵子归来，蓑笠青青。

注释

1 鲜于必仁《双调·折桂令》共八首，总题为《燕山八景》。今选其二。

2 芦沟晓月：元代燕山（今北京地区）八景之一。卢沟桥始建于金大定（一一六一至一一八九）年间，横跨永定河，位于今北京市西南。

3 霭：云气。寻：古代的长度单位，八尺为一寻。

4 蟾宫：月宫，传说月中有蟾蜍，故后世称月亮为蟾宫。“如步蟾宫”是说人在晓月之下的卢沟桥上走，如同行走在月宫中一般。

5 西山晴雪：元代燕山八景之一。西山在今北京市西北。

6 嵯（cuó）峨：山势高峻的样子。

7 地展雄藩：意指西山为北京的屏障。雄藩，雄伟的屏藩。

赏析与点评

鲜于必仁的这首《折桂令》组曲分咏燕山八景，曲家笔触细腻而大气，细腻处善于从虚、实、正、侧等多方面展示所写之景，大气处着笔点高，视野开阔，气势雄伟，曲家中并不多见。

张养浩

人物简介

张养浩（一二七〇至一三二九），字希孟，号云庄，山东济南人。自幼聪慧，博通经史，十九岁被荐为东平学正。后游京师，不忽木荐为御史台掾，后升监察御史，累官至翰林学士、礼部尚书。为人正直廉洁，曾上时政万言书，得罪权贵，又曾以直谏触怒英宗，辞官归隐。文宗天历二年（一三二九），因关中大旱，复出治旱救灾，特拜陕西行台中丞，不久便劳瘁而死。追封滨国公，谥文忠。诗文集有《归田类稿》，散曲集有《云庄休居自适小乐府》。明朱权称其曲“如玉树临风”。今存小令一百六十一首，套数二篇。

【中吕·山坡羊】[1]

潼关怀古[2]

峰峦如聚，波涛如怒，山河表里潼关路[3]。望西都[4]，意踟蹰[5]。伤心秦汉经行处，宫阙万间都做了土[6]。兴，百姓苦；亡，百姓苦。

骊山怀古

骊山四顾[7]，阿房一炬[8]，当时奢侈今何处。只见草萧疏，水萦纡[9]。至今遗恨迷烟树，列国周齐秦汉楚[10]。赢，都变做了土；输，都变做了土。

注释

1 元文宗天历二年，关中大旱，张养浩特拜陕西行台中丞，办理赈灾诸事。赴任途中，他以《中吕·山坡羊》写了一组怀古之作，此选其中两首。

2 潼关：古关隘名，地处今陕西华阴县，卡陕西、山西、河南三省要冲，历代皆为军事要地，素称险要。这首作于曲家路过潼关之时。

3 山河表里：《左传·僖公二十八年》："子犯曰：'战也，战而捷，必得诸侯。若其不捷，表里山河，必无害也。'杜预注：晋国外河而内山。"后因称山河屏障之处为表里山河。潼关外有黄河，内有华山，形势十分险要，故云。

4 西都：指长安（今陕西西安），汉唐时期的都城。

5 意踟蹰（chíchú）：原指犹豫不决、徘徊不前，这里指心潮起伏、感慨万千。

6 "宫阙"句：意指无数雄伟的宫殿在历代的战乱中都被破坏、焚毁而变成焦土。宫，宫殿。阙，王宫前的望楼。

7 骊山：在今陕西临潼县东南，秦始皇曾在此修建举世闻名的始皇陵。杜牧《阿房宫赋》："骊山北构而西折，直走咸阳。"顾：看。

8 阿房：秦国著名的宫殿。《三辅黄图》："阿房宫，亦曰阿城。惠文王造宫未成而亡，始皇广其宫，规恢三百余里。离宫别馆，弥山跨谷，辇道相属，阁道通骊山八百余里。”后来项羽引兵西屠咸阳，“烧秦宫室，火三月不灭”（见《史记·项羽本纪》），故曰：“阿房一炬。”

9 萦纡（yū）：指水盘旋迂回地流淌。

10 “列国”句：这句意谓各国都在此建都或者争霸。“列国”指各国，即周、齐、秦、汉、楚等国。

赏析与点评

张养浩的这组咏史怀古之曲作于赈灾赴任途中，感慨的正是天下苍生之苦痛，在面对如许历史名胜古迹之时，曲家却以独特的眼光看透了历史，看穿了现在，甚至预言了将来。曲家不争一时一地，而是将历史和古迹置于一个深广的时间轴上来看，最后发现历史的兴衰更替不过如此，而其中最受苦难的永远是老百姓。句句剜肉剔骨，字字抽髓见血，气势雄浑而感慨深沉，在元曲乃至古典诗歌中都得享盛名。

【正宫·塞鸿秋】[1]

春来时香雪梨花会，夏来时云锦荷花会，秋来时霜露黄花会[2]，冬来时风月梅花会。春夏与秋冬，四季皆佳会。主人此意谁能会[3]。

注释

1 此曲运用了独木桥体，句末皆用了相同的“会”字，“会”字含义还有变化，写出曲家妙赏生活之闲趣。

2 黄花：菊花。

3 会：懂得，明白。

【双调·沉醉东风】[1]

班定远飘零玉关[2]，楚灵均憔悴江干[3]。李斯有黄犬悲[4]，陆机有华亭叹[5]。张柬之老来遭难[6]。把个苏子瞻长流了四五番[7]，因此上功名意懒。

又

昨日颜如渥丹[8]，今朝鬓发斑斑。恰才桃李春，又早桑榆晚[9]。断送了古人何限，只为天地无情乐事悭[10]，因此上功名意懒。

注释

1 张养浩《双调·沉醉东风》共有七曲，此选其中两首。

2 “班定远”句：班定远，即班超。据《后汉书》，班超以战功封定远侯，年老思乡，因而上疏请求调回关内说：“臣不敢望到酒泉郡，但愿生入玉门关。”

3 “楚灵均”句：屈原，楚国人，字灵均，故称“楚灵均”。《楚辞·渔父》：“屈原既放，游于江潭，行吟泽畔，颜色憔悴，形容枯槁。”

4 “李斯”句：李斯，上蔡（今河南上蔡县）人，秦朝的丞相。他在秦国统一六国过程中起了重要作用，后被赵高所忌，与其子一起被腰斩于咸阳市。临刑时，他回头对其子说：“吾欲与若复牵黄犬，俱出上蔡东门逐狡兔，岂可得乎？”

5 “陆机”句：陆机，字士衡，华亭（今上海松江）人。西晋著名文学家，有《文赋》等作品传世。后遭谗，为司马颖所杀。临刑，叹曰：“华亭鹤唳，岂可复闻乎？”（见《晋书·陆机传》）

6 “张柬之”句：张柬之（六二五至七〇六），字孟将，襄阳（今湖北襄阳）人。进士及第后，累官至监察御史、宰相。后被武三思排挤，贬为新州司马，愤恨而死。

7 “把个苏子瞻”句：苏子瞻，即苏轼，北宋大文学家、大书画家。他在政治上偏保守一派，反对王安石变法。新旧党争中，屡遭贬谪。神宗时，被贬为黄州（今湖北黄冈县）团练副使。哲宗时，新党再度执政，又被谪贬到惠州（今广东惠阳），六十三岁时更被远贬儋州（今海南岛）。赦还的第二年，死于常州（今江苏常州）。

8 渥（wò）丹：涂上红的颜色，形容红润而有光泽。《诗·秦风·终南》：“颜如渥丹。”

9 又早桑榆晚：又已到了晚年。《后汉书·冯异传》：“失之东隅，收之桑榆。”东隅，本指日出的地方；桑榆，本指日落的地方，后以“桑榆”比喻人的晚年。

10 悭（qiān）：吝啬。

赏析与点评

张养浩这组《沉醉东风》均以“因此上功名意懒”作结，讲述曲家自己淡泊功名、心灰意懒的种种原因。古代文人讲究学以致用，多胸怀大志，以济世救民为己任；而在政治斗争黑暗而激烈时往往又心怀出世之想，以归隐林泉、笑傲江湖为乐。这是入世与出世的矛盾。张养浩这组曲背后也是这种矛盾，其潜台词并不在于抒发隐退之志，而在于感慨世道，表达志不获骋的愤慨。

【双调·折桂令】

过金山寺[1]

长江浩浩西来，水面云山，山上楼台。山水相连，楼台相对，天与安排[2]。诗句成风烟动色，酒杯倾天地忘怀。醉眼睁开，遥望蓬莱[3]，一半儿云遮，一半儿烟霾[4]。

中秋

一轮飞镜谁磨，照彻乾坤，印透山河。玉露泠泠[5]，洗秋空银汉无波[6]，比常夜清光更多[7]，尽无碍桂影婆娑[8]。老子高歌，为问嫦娥[9]，良夜恹恹[10]，不醉如何。

注释

1 张养浩《双调·折桂令》共八首，此选其中之二。

2 天与安排：上天帮忙安排。与，给，替。

3 蓬莱：《汉书·郊祀志》云：“自威宣、燕昭使人入海求蓬莱、方丈、瀛洲，此三神山者，其传在渤海中。”后因以泛指想象中的仙境。

4 霾：指空气中飘浮的微尘等物。这句指蓬莱仙境处于烟雾缭绕之中。

5 玉露泠泠（líng）：洁白的露珠显得格外清凉。玉露，形容露珠的澄澈透明。秦观《鹊桥仙》：“金风玉露一相逢，便胜却人间无数。”泠泠，形容清凉。

6 银汉：即银河。苏轼《阳关曲》：“暮云收尽溢清寒，银汉无声转玉盘。”

7 “比常夜”句：指中秋之月比平常更明亮。此处化用杜甫《一百五日夜对月》诗：“斫却月中桂，清光应更多。”

8 桂：指传说中月中的桂树。婆娑：枝叶盘旋的样子。

9 嫦娥：传说中月宫里的仙女。《淮南子·览冥训》载，后羿从西王母那里得到不死之药，其妻嫦娥偷吃以后，飞升至月宫。

10 恹恹（yān）：精神不振的样子。

赏析与点评

这两首曲子皆写景之作，第一首写金山寺，第二首写月。两首曲子的共同之处在于笔触绵密，层次分明，写景摹物精细幽微，如第一首写金山寺，开篇一气顺下，顶针手法的嵌入，将金山寺的位置描摹得非常精准。第二首中多侧面多层次描摹月光，烘托出明月如水、静谧清幽的中秋氛围。

郑光祖

人物简介

郑光祖，生卒年不详。字德辉，平阳襄陵（今山西襄汾县）人。元代著名戏剧家，名列元曲四大家之一。《录鬼簿》评价他“名闻天下，声彻闺阁”。曾任杭州路吏，卒葬西湖灵芝寺。他创作的杂剧可考者十八种，今存《倩女离魂》、《王粲登楼》、《翰林风月》等八种，以《倩女离魂》最为知名。另存小令六首，套数两篇。

【双调·蟾宫曲】梦中作[1]

半窗幽梦微茫，歌罢钱塘[2]，赋罢高唐[3]。风入罗帏，爽入疏棂[4]，月照纱窗。缥缈见梨花淡妆[5]，依稀闻兰麝鱼香[6]。唤起思量。待不思量，怎不思量。

注释

1 郑光祖《双调·蟾宫曲》共三首，今选其一。

2 歌罢钱塘：宋何薳《春渚纪闻》“司马才仲遇苏小”条载：“宋代司马才仲初在洛阳，昼寝，梦一美人牵帷而歌曰：‘妾本钱塘江上住，花落花开，不管流年度。燕子衔将春色去，纱窗几阵黄梅雨。’”后司马才仲以东坡先生荐应制举中等，遂为钱塘幕僚，其厩舍后即唐苏小小墓。钱塘：即杭州，南宋都城，歌舞繁华之地。

3 赋罢高唐：高唐，楚国台馆名。相传楚王游高唐，梦见神女与其欢会。宋玉作《高唐赋》记此事。

4 棂：即窗格。

5 “缥缈”句：化用白居易《长恨歌》诗：“玉容寂寞泪阑干，梨花一枝春带雨。”这里指女子妆饰素雅、清淡。缥缈，隐约。

6 “依稀”句：化用五代后蜀阎选《贺新郎》词：“兰麝细香闻喘息，绮罗纤缕见肌肤。”兰香与麝香，均是名贵的香料。

赏析与点评

诗词中多有记梦之作，郑光祖此曲写梦，其含蓄婉约处与诗词无异。首写暗夜梦中幽会，惝恍迷离，在迷离中佳人离去，挽留不得。梦中的佳会正是现实中的不可能，故别离后相思满溢。正似“直道相思了无益”，“一寸相思一寸灰”也。

【正宫·塞鸿秋】

门前五柳侵江路[1]，庄儿紧依白苹渡[2]。除彭泽县令无心做[3]，渊明老子达时务。频将浊酒沽[4]，识破兴亡数[5]，醉时节笑捻着黄花去[6]。

又

金谷园那得三生富[7]，铁门限枉作千年妒[8]，汨罗江空把三闾污[9]，北邙山谁是千钟禄[10]。想应陶令杯[11]，不到刘伶墓[12]。怎相逢不饮空归去。

注释

1 五柳：陶渊明曾著《五柳先生传》以自况，后以“门前五柳”指隐逸之士的住所。

2 白苹渡：长满白苹的渡口，这也常常是隐士来往之处。

3 “除彭泽令”句：陶渊明曾做了八十四天的彭泽令，因不为五斗米折腰，挂印回乡。除，任命。

4 浊酒：新酿之酒。

5 识破兴亡数：看透了兴亡的命运。数，命运。

6 “醉时”句：陶渊明生性嗜酒，又爱菊。萧统《陶渊明传》载：“（陶渊明）尝九月九日出宅边菊丛中坐。久之，满手把菊，忽值（江州刺史王）弘送酒至，即便就酌，醉而归。”

7 金谷园：晋石崇所建，在洛阳城西。石崇以奢富著称，常在金谷园中宴宾取乐。此句意谓富贵不能长久。

8 铁门限：铁门槛，比喻过不去的关口。范成大《重九日行营寿藏之地》诗：“纵有千年铁门限，终须一个土馒头。”

9 汨（mì）罗江：在今湖南岳阳。屈原遭放逐后，自沉于汨罗江。三闾：指屈原，屈原曾为楚三闾大夫，掌管屈、昭、景三姓贵族的事。

10 北邙（máng）山：在洛阳市北，东汉及魏的王侯公卿多葬于此。千钟禄：指高官厚禄。钟，古代量器。《左传》有：“釜十则钟。”杜预注：“（钟）六斛四斗。”

11 陶令杯：陶渊明曾做彭泽令，又性嗜酒，故云“陶令杯”。

12 刘伶：西晋沛国（今安徽宿州）人，字伯伦，性嗜酒，竹林七贤之一，曾著有《酒德颂》，藐视礼法，颂扬饮酒。

赏析与点评

郑光祖这两首《塞鸿秋》表现的也是元曲中常见的淡泊功名、颂扬隐逸的思想。手法比较一致，都在开篇时从正反两方面列举了许多历史事例，颂扬了及时抽身、全身远祸的行为。元曲中屡屡流露这种思想也正是时代风气的反映。

曾 瑞

人物简介

曾瑞，字瑞卿，号褐夫，大兴（今北京大兴县）人，一说平州（今河北卢龙县）人。生卒年不详。他终生不愿为官，因号“褐夫”。后羡慕浙江人才之盛，移家杭州，与江浙士大夫多有交游。善丹青，工画山水，学范宽。能为隐语、小曲。《录鬼簿》说他“神采卓异，衣冠整肃，优游于市井，洒然如神仙中人”，并记“临终之日，诣门吊者以千数”。著杂剧《王月英元夜留鞋记》、《才子佳人误元宵》，后者已佚。有散曲集《诗酒余音》，已佚。今存小令九十五首，套数十七篇。

【南吕·四块玉】酷吏[1]

官况甜，公途险[2]，虎豹重关整威严[3]。仇多恩少人皆厌。业贯盈[4]，横祸添，无处闪。

注释

1 酷吏：指使用残酷的方法进行统治的官吏。

2 公途：指仕途。

3 虎豹重关：虎豹守着重叠的门，形容门禁森严。屈原《招魂》：“虎豹九关，啄害下人些。”

4 业贯盈：谓罪恶满盈。业，梵语“羯磨”的意译，有造作之义。佛教称人的行为、言语、思念为业。业有善恶之分，但一般指恶业。

赏析与点评

曾瑞这首曲子揭露了元代残酷的吏治，讽刺及警告了这些酷吏恶贯满盈，必不得善终，具有较强的现实批判意义。

【中吕·山坡羊】讥时

繁花春尽，穷途人困，太平分的清闲运[1]。整乾坤，会经纶[2]，奈何不遂风雷信[3]？朝市得安为大隐[4]。咱，装做蠢；民，何受窘！

注释

1 分（fèn）：命中注定。清闲运：不做官而享清闲的命运，这是愤激及反讽之辞。

2 整乾坤，会经纶：比喻自己有治理国家的才能。

3 风雷：比喻巨大的力量，指施展才华的机会。

4 大隐：按古人有所谓大隐、中隐、小隐之说，谓小隐隐于山林，大隐隐于市朝。

【南吕・骂玉郎过感皇恩采茶歌】闺情

【骂玉郎】才郎远送秋江岸，斟别酒唱阳关[1]，临岐无语空长叹[2]。酒已阑[3]，曲未残，人初散。【感皇恩】月缺花残，枕剩衾寒。脸消香，眉蹙黛，髻松鬟。心长怀去后，信不寄平安。拆鸾凤，分莺燕[4]，杳鱼雁[5]。【采茶歌】对遥山，倚阑干，当时无计锁雕鞍[6]。去后思量悔应晚，别时容易见时难[7]。

闺中闻杜鹃

【骂玉郎】无情杜宇闲淘气[8]，头直上耳根底[9]，声声聒得人心碎。你怎知，我就里[10]，愁无际？【感皇恩】帘幕低垂，重门深闭。曲栏边，雕檐外，画楼西。把春醒唤起[11]，将晓梦惊回。无明夜，闲聒噪，厮禁持[12]。【采茶歌】我几曾离，这绣罗帏？没来由劝道我不如归。狂客江南正着迷，这声儿好去对俺那人啼。

注释

1 阳关：故址在今甘肃敦煌西南。《元和郡县志》说，因它在玉门关之南，所以叫“阳关”。王维《送元二使安西》：“劝君更尽一杯酒，西出阳关无故人。”

2 临岐：临近分别。岐，同“歧”，岔路。

3 酒已阑：酒已喝尽。

4 鸾凤、莺燕：喻夫妻或情侣。

5 鱼雁：指信。这几句都是倒装句。

6 “当时”句：化用柳永《定风波》词：“早知恁般么，悔当初不把雕鞍锁。”

7 “别时”句：源于李煜《浪淘沙》词：“无限江山，别时容易见时难。”

8 杜宇：杜鹃的别称。杜宇为古蜀国国王，号望帝。禅位后因思念其子民而魂化杜鹃，夜夜泣血。又因它的叫声像“不如归去”，人们多不忍闻，故常用以寄托离愁别恨。

9 头直上：北方口语，即头顶上。

10 就里：内心，内幕。纪君祥《赵氏孤儿》杂剧有：“那屠岸贾将我的孩儿十分见喜，他岂知就里的事。”

11 酲（chéng）：本指因喝醉了酒而神志不清，此处指因春睡而神志不清。

12 厮禁持：相纠缠，相折磨。

赏析与点评

这两首曲子都是带过曲，由《骂玉郎》、《感皇恩》、《采茶歌》三支小令组成。曲家充分运用带过曲的特点，衔接自然而情绪渲染得十分浓厚。又偶尔夹杂俗语，略带谐趣，语言正是曲家之本色，在写闺情中别具一格。

【中吕·喜春来】[1] 相思

你残花态那衣叩，咱减腰围攒带钩[2]，这般情绪几时休。思配偶，争奈不自由。

又

鸳鸯作对关前世，翡翠成双约后期，无缘难得做夫妻。除梦里，惊觉各东西。

妓家

无钱难解双生闷[3]，有钞能驱倩女魂[4]，粉营花寨紧关门[5]。咱受窘，披撇见钱亲。

注释

1 曾瑞曾作《喜春来》二十二首，此选其中三首。

2 那：挪动。“咱减腰围”句：意谓因害相思而消瘦。

3 双生：指双渐。宋元时，双渐、苏卿的爱情故事流传甚广，原故事中的苏卿本来是个重情不重财的歌伎，最后促成双渐科举高中。但此曲反用。曲中用来比拟苏卿的“妓家”嫌贫爱富，使得双渐一类的书生无路进阶，十分苦闷。

4 倩女魂：张倩女离魂的故事在宋元时流传甚广，张倩女因爱恋情人王文举，其魂魄追随王文举进京赴试，其真身卧病在床。后王文举返回，张倩女魂魄附体，而后病愈。郑光祖《倩女离魂》杂剧讲述的也是这个故事。

5 粉营花寨：指妓院。

赏析与点评

这几支小令都是相思之曲，语言诙谐，如反用双渐、苏卿故事等，杂入口语，正是曲家之当行本色，虽为小令而别具风致。

虞 集

人物简介

虞集（一二七二至一三四八），字伯生，号道园，世称邵庵先生。江西崇仁（今江西省崇仁县）人。南宋宰相虞允文五世孙。元成宗大德初年（一二九七），官大都路儒学教授，除国子助教博士。六年（一三〇二），除翰林待制兼国史院编修官。累官秘书少监、翰林直学士兼国子祭酒。文宗时除奎章阁侍书学士，主修《经世大典》，进侍讲学士。告病回江西后卒，封仁寿郡公，谥文靖。虞集为元中叶最负盛名的文学家，与杨载、揭傒斯、范梈并称元诗四大家，《元史》有传。著有《道园学古录》、《道园类稿》。散曲仅存小令一首。

【双调·折桂令】

席上偶谈蜀汉事，因赋短柱体[1]

銮舆三顾茅庐[2]，汉祚难扶[3]。日暮桑榆[4]，深渡南泸[5]。长驱西蜀，力拒东吴。美乎周瑜妙术[6]，悲夫关羽云殂[7]。天数盈虚，造物乘除[8]。问汝何如？早赋归欤[9]。

注释

1 短柱体：元曲巧体之一，两字一韵，每句两韵至三韵。

2 銮舆三顾茅庐：指刘备三次到襄阳隆中访聘诸葛亮辅助自己兴复汉室事。銮舆，皇帝的车驾。

3 汉祚难扶：指蜀汉政权难以维持。祚，皇位、国统。

4 桑榆：古人谓傍晚日落时，光照于桑树和榆树间，因以桑榆比喻晚年。《文选》曹植《赠白马王彪》诗："年在桑榆间，影响不能追。"李善注："日在桑榆，以喻人之将老。"此指蜀汉政权行将衰败。

5 南泸：蜀汉建国后，南中诸郡均叛乱，诸葛亮于建兴三年（二二五）亲自率兵南渡泸水，平定了叛乱。

6 周瑜妙术：指周瑜联合刘备大败曹操八十万大军于赤壁一战之事。

7 关羽云殂：云，助词，无实际意义。殂，死亡。

8 造物：指造物主，天地。乘除：比喻人事的消长盛衰。

9 赋归欤：赋《归去来兮辞》，指归隐。

赏析与点评

这是一首咏史怀古之曲，曲家借三国旧事巧谈时事，寄寓现实感慨，抒发避世归隐的思想感情。这种感慨看似消沉，实际上也是情非得已，也是对现实的无奈，充满了苦涩。

刘时中

人物简介

刘时中，或以为即刘致。生卒年不详。号逋斋，石州宁乡（今山西离石）人。因石州归太原管辖，故有“太原寓士”之称。其父名彦文，字子章，生前任广州怀集令，卒于长沙。大德二年（一二九八），翰林学士姚燧游长沙，致往见，为其赏识，被荐用为湖南廉访使司幕僚。至大三年（一三一〇），燧又荐之为河南行省掾。至治二年（一三二二）刘致任太常博士，至顺三年（一三三二）在翰林待制任内，最后调任江浙行省都事。死后无以为葬，杭州道士王眉叟葬之。今存小令七十四首，套数四篇。

【南吕·四块玉】[1]

泛彩舟，携红袖[2]，一曲新声按伊州[3]。樽前更有忘机友[4]：波上鸥，花底鸠，湖畔柳。

又

看野花，携村酒，烦恼如何到心头。红缨白马难消受[5]。二顷田，两只牛，饱时侯。

又

佐国心[6]，拿云手[7]，命里无时莫强求。随缘过得休生受[8]。几叶锦，几匹绸，暖时候。

又

禄万钟[9]，家千口，父子为官弟封侯。画堂不管铜壶漏[10]。休费心，休过求，揻破头[11]。

注释

1 刘时中所作《四块玉》共十首，今选其中四首。

2 红袖：代指身着艳装的美女，这里指歌伎。

3 按：按板（歌唱）。伊州：唐宋大曲名。

4 忘机友：没有机心（机巧功利之心）的朋友，即下文的鸥、鸠、柳。

5 红缨白马：指代官宦生涯。

6 佐国心：辅佐君主治国安邦之心。

7 拿云手：比喻志向远大，才能突出。李贺《致酒行》诗："少年心事当拏云，谁念幽寒坐呜呃。"，"拏"同"拿"。

8 休生受：不要吃苦。《竹叶舟》杂剧："天涯倦客空生受，凭着短剑长琴，游遍七国春秋。"

9 禄万钟：优厚的俸禄。禄，俸钱，薪金。钟，古代以六斛四斗为一钟。

10 画堂：华丽的房子。铜壶漏：古代的定时器。这句意思是说时光流逝，岁月不饶人。

11 攧（diān）破头：碰破头。攧，跌倒。

赏析与点评

这几首曲子或庄或谐，或正或反，均以颂扬隐逸之情为主题，表现出浓厚的闲情逸致和避世情怀。

【中吕·朝天子】 邸万户席上[1]

柳营[2]，月明，听传过将军令。高楼鼓角戒严更，卧护得边声静[3]。横槊吟情[4]，投壶歌兴[5]，有前人旧典型[6]。战争，惯经，草木也知名姓[7]。

又

《虎韬》，《豹韬》[8]，一览胸中了。时时拂拭旧弓刀，却恨封侯早。夜月铙歌[9]，春风牙纛[10]，看团花锦战袍。鬓毛，木雕[11]，谁便道冯唐老[12]。

注释

1 邸万户：人名，生平事迹不详。

2 柳营：即细柳营。《史记·绛侯周勃世家》："后六年，匈奴大入边。乃……以河内守亚夫为将军，军细柳，以备胡。上自劳军，至霸上及棘门军，直驰入，将以下骑送迎。已而至细柳军，军士吏被甲，锐兵刃，彀弓弩，持满。天子先驱至，不得入……文帝曰：'嗟乎！此真将军矣！曩者霸上、棘门军，若儿戏耳。'"后即以"细柳营"为军纪严明、战斗力强的代称。

3 边声静：边塞上的各种声音，表示边境很宁静，没有战事。

4 横槊（shuò）吟情：横持着长矛吟诗，形容文武双全的大将风度。苏轼《前赤壁赋》："方其（指曹操）破荆州，下江陵，顺流而东也，舳舻千里，旌旗蔽空，酾酒临江，横槊赋诗，固一世之雄也。"槊，长矛，古代的一种兵器。

5 投壶歌兴：投壶是我国古代宴会时的一种娱乐节目。《礼记·投壶》有记，以壶口为目标，用矢投入，以投中多少决胜负，负者要罚酒。

6 典型：模范，样板。

7 "草木"句：极言将军的声誉。化用黄庭坚《送范德孺知庆州》诗："乃翁知国如知兵，塞垣草木识威名。"

8《虎韬》、《豹韬》：古代的兵书，相传是周代的吕尚（姜太公）所作，全书六卷，分为《文韬》、《武韬》、《龙韬》、《虎韬》、《豹韬》、《犬韬》。

9 铙（náo）歌：军中乐歌，汉乐府中属于鼓吹曲，用于鼓励士气及宴享功臣。《古今注》说它"所以建武扬盛德，风劝战士也"。铙，古代军中的一种打击乐器。

10 牙纛（dào）：将军的大旗，也作"牙旗"。

11 木雕：疑为"未凋"，形近而讹。雕，同"凋"，意谓两鬓未白。

12 冯唐：据《史记·张释之冯唐列传》，冯唐才能杰出，在汉文帝、景帝时已有突出表现，但始终未获重用。武帝立，求贤良，人举冯唐，时唐年已九十余岁，不能再为官，博得后代世人一片痛惜之情。如唐王勃《滕王阁诗序》："嗟乎！时运不齐，命途多舛。冯唐易老，李广难封。"

赏析与点评

这两首《朝天子》都是赠人赞人之曲，以前一般赠人赞人选用较为庄雅的诗词，曲则比较少见。刘时中以曲之体裁赞人，也是对曲的功能的扩展。前一首重在从文武两大方面赞颂邸万户的文韬武略，后一首曲子则从侧面展现了邸万户的怀才不遇。曲子用典出语自然、真切，并非简单地阿谀，尤其是后一首的劝慰，感情非常真挚。

【中吕·红绣鞋】劝收心

不指望成家立计，则寻思卖笑求食[1]，早巴得个前程你便宜。虽然没花下子[2]，也须是脚头妻[3]，立下个妇名儿少甚的？

注释

1 这两句指妓女不愿正儿八经地成家立业，而是走歪门邪道。

2 花下子：指虚情假意、逢场作戏的嫖客。

3 “也须是”句：意谓只要妓女真心从良，便可以成为受人真心疼爱、愿意冷暖与共的妻子。

赏析与点评

此曲亦较为另类，通篇以议论笔法劝告妓女收心从良，别有风味。与传统诗词中以议论为诗、为词的手法相同。于此亦可见诗词曲的界限已非泾渭分明。

【双调・折桂令】农

想田家作苦区区[1]，有斗酒豚蹄[2]，畅饮歌呼。瓦钵瓷瓯，村箫社鼓，落得装愚[3]。吾将种牵衣自舞，妇秦人击缶相娱。儿女供厨，仆妾扶舆[4]。无是无非，不乐何如？

渔

鳜鱼肥流水桃花[5]，山雨溪风，漠漠平沙。箬笠蓑衣[6]，笔床茶灶，小作生涯。樵青采芳洲蓼牙[7]，渔童薪别浦蒹葭。小小渔舟差，泛宅浮家[8]，一舸鸱夷[9]，万顷烟霞。

樵

正山寒黄独无苗，听斤斧丁丁，空谷潇潇。有涧底荆薪，淮南丛桂，吾意堪樵。赤脚婢香粳旋捣，长须奴野菜时挑。云暗山腰，水冱溪桥[10]，日暮归来，酒满山瓢。

牧

被野猿山鸟相留，药解延年，草解忘忧。土木形骸，烟霞活计，麋鹿交游[11]。闷来访箕山许由[12]，闲时寻崧顶丹丘[13]。莫莫休休，荡荡悠悠，带子携妻，老隐南州。

注释

1 区区：非常少。

2 豚：小猪，也泛指猪。

3 落得：弄到这般地步，亦作“落的”或“落来”。这里指乐于装作痴呆。

4 仆妾扶舆：有仆、妾扶持车驾。这种生活应是乡间的士绅们才能拥有，普通农家难以企及。

5 此句化用张志和《渔歌子》（又名《渔父》）：“西塞山前白鹭飞，桃花流水鳜鱼肥。”

6 箬笠：用箬竹叶编成的斗笠。

7 樵青：指婢女。唐颜真卿《浪迹先生玄真子张志和碑》：“肃宗尝锡（赐）奴婢各一，玄真配为夫妻，名夫曰‘渔童’，妻曰‘樵青’。”后因以指女婢。宋陆游《幽居即事》诗：“炊烹付樵青，钮灌赖阿对。”下句渔童典亦出此。蓼牙：蓼草新发之芽。

8 泛宅浮家：渔人长期生活于水上，与船相伴，故称“泛宅浮家”。

9 鸱（chī）夷：即鸱夷子皮，本指革囊，范蠡退隐后经商自号鸱夷子皮，故常指范蠡。这一句是“一舸逐鸱夷”的缩写，表示追随范蠡归隐于五湖间。唐杜牧《杜秋娘诗》：“西子下姑苏，一舸逐鸱夷。”

10 冱（hù）：因寒冷而凝结。

11 “土木形骸”三句：身形化为土木，以烟霞维生，与麋鹿交往。此三句指樵夫与自然和谐相处、身与物化，已难分彼此。

12 许由：相传为尧舜时代的隐士，曾隐居箕山。帝尧在位的时候曾想禅位于他，他认为这是一种羞辱，所以跑到颍水洗耳。

13 崧（sōng）：即嵩山。丹丘：传说中神仙居住之地，也作“丹邱”。《楚辞·远游》：“仍羽人于丹丘兮，留不死之旧乡。”

赏析与点评

刘时中在这组曲中极力讴歌了农民、渔父、樵夫和牧人这四种人的恬静安宁、与世无争、闲适自然且充满乐趣的生活。曲词典雅秀丽，惹人向往。但这种讴歌要分为两层来看，一方面这是曲家的美好想象，同现实有较大的差距；另一方面这种想象也反映了曲家对现实生活的不满，在传统士大夫阶层看不到前景时，只能把理想寄托于农村隐逸生活。这种想象也是一种无奈。

【双调·殿前欢】

醉翁酡[1]，醒来徐步杖藜拖[2]。家童伴我池塘坐，鸥鹭清波。映水红莲五六科[3]，秋光过，两句新题破。秋霜残菊，夜雨枯荷。

又

醉颜酡，太翁庄上走如梭。门前几个官人坐，有虎皮驮驮[4]。呼王留唤伴哥[5]，无一个，空叫得喉咙破。人踏了瓜果，马践了田禾。

注释

1 酡（tuó）：醉醺醺而满脸通红。

2 徐步：慢慢走。藜：用藜木做的拐杖。

3 科：同“棵”。

4 虎皮驮驮：满满的虎皮袋子。

5 王留、伴哥：元曲中农民泛用的名字。

赏析与点评

第二首曲子富有特色，详细描绘了元朝官吏下乡、百姓遭殃的情形。连贯而细致的动词使用将这帮贪官污吏描绘得栩栩如生，曲家不作任何评论，仅用白描手法，为我们留下历史的珍贵画面。正是元曲中的精品。

阿鲁威

人物简介

阿鲁威，字叔重，号东泉，人或以“鲁东泉”称之，蒙古人。生卒年不详。至治间曾官南剑太守，泰定间为经筵官、参知政事。善作散曲，今存小令十九首。

【双调·蟾宫曲】怀古

鸱夷后那个清闲[1]？谁爱雨笠烟蓑，七里严湍[2]。除却巢由[3]，更无人到，颍水箕山。叹落日孤鸠往还[4]，笑桃源洞口谁关[5]？试问刘郎[6]，几度花开，几度花残？

又

问人间谁是英雄？有酾酒临江，横槊曹公[7]。紫盖黄旗[8]，多应借得，赤壁东风[9]。更惊起南阳卧龙[10]，便成名八阵图中[11]。鼎足三分，一分西蜀，一分江东。

注释

1 鸱夷：指范蠡。

2 七里严湍：东汉严子陵隐居不仕，在七里滩钓鱼过活。

3 巢由：巢，巢父。尧时隐士，以树为巢而寝居其上，故时人号曰巢父。由，许由。

4 孤鸠：这里喻隐居的高士。

5 桃源洞口：陶渊明作《桃花源记》，后世用来代指避世隐居的地方。

6 刘郎：指刘晨。《太平广记》载，东汉永平年间，刘晨与阮肇同入天台山采药，遇二仙女，留居半载，还乡时，子孙已历十世。

7 “有酾（shī）酒”二句：苏轼《前赤壁赋》中说曹操：“方其破荆州、下江陵，顺流而东也，舳舻千里，旌旗蔽空，酾酒临江，横槊赋诗。”酾酒，斟酒。

8 紫盖黄旗：均是出现于斗牛之间的云气，古代术士认为是帝王的符瑞。这句指东吴孙权终于建立鼎立之帝业。三国韦昭《吴书》：“以尚书令陈化为太常……为郎中令使魏，魏文帝因酒酣，嘲问曰：‘吴魏峙立，谁将平一海内者乎？’化对曰：‘《易》称帝出乎震，加闻先哲知命，旧说紫盖黄旗，运在东南。’”

9 赤壁东风：赤壁大战时，周瑜用部将黄盖计，用火攻，恰巧东南风大起，向西北延烧，曹军大败。杜牧《赤壁》诗："东风不与周郎便，铜雀春深锁二乔。"

10 南阳卧龙：指诸葛亮。徐庶向刘备推荐诸葛亮时，称其为"卧龙"。诸葛亮出山前，曾隐居南阳。诸葛亮《出师表》："臣本布衣，躬耕南阳。"

11 八阵图：传说诸葛亮能摆八卦阵。杜甫《八阵图》诗称赞诸葛亮："功盖三分国，名成八阵图。"

赏析与点评

阿鲁威这两首《蟾宫曲》较有新意。第一首列举历史上众多隐居事例，质疑隐居的意义，在曲家笔下，隐居也是烦琐而孤寂的，非常人所能为。立意与一般咏史怀古题材中颂扬隐逸的主题完全不同，可谓出新。第二首怀古在短短一首小令中高度概括、颂扬了三国英雄曹操、孙权、诸葛亮的英雄事迹，视野开阔，笔势雄健，气度昂扬，读来让人振奋。这两首《蟾宫曲》表现出的高昂情调与大多数元曲不同，这同阿鲁威本为蒙古族人且位居参政有关。

王元鼎

人物简介

王元鼎，生卒年不详。金陵（今江苏南京市）人，约与阿鲁威同时，曾为翰林学士。《南村辍耕录》载当时任参政的阿鲁威曾问北京名妓顺时秀，他与王元鼎相比较如何？顺时秀称王元鼎善“惜玉怜香，嘲风弄月”。今人孙楷第《元曲家考略》认为他当为玉元鼎，原名阿鲁丁，西域人，至大皇庆间国子学生员。其所作散曲，今存小令七首，套数二篇。

【越调·凭栏人】闺怨

垂柳依依惹暮烟，素魄娟娟当绣轩[1]。妾身独自眠，月圆人未圆。

又

啼得花残声更悲[2]，叫得春归郎未知。杜鹃奴倩伊[3]，问郎何日归？

注释

1 素魄：指月亮。因月白如素，故称素魄。娟娟：美好的样子。当：正当，迎着。绣轩：女子装饰秀丽的住所。

2 “啼得花残”句：化用辛弃疾《贺新郎》词：“绿树听鹈鴂，更那堪鹧鸪声住，杜鹃声切。啼到春归无觅处，苦恨芳菲都歇。”

3 奴：女子自称。倩：请。伊：彼，他，这里指杜鹃。

赏析与点评

这两首《凭栏人》都是闺怨曲，闺怨题材在传统诗词中表现极多，王元鼎以曲来写，用语典雅而通透，较传统诗词稍显明丽活泼。

薛昂夫

人物简介

薛昂夫，维吾尔族人，生卒年不详。本名薛超兀儿，一作超吾，回鹘（今新疆）人。汉姓马，故亦称马昂夫，字九皋。据赵孟頫《薛昂夫诗集序》载，昂夫早年曾问学于宋末诗人刘辰翁。初为江西行中书省令史，后入京，由秘书监郎官累官佥典瑞院事、太平路总管、衢州路总管等职。晚年隐居杭州皋亭山一带。薛昂夫善书法，尤工篆书。有诗名，与虞集、萨都剌相唱和。诗集已佚。现存小令六十五首，套数三篇。

【正宫·塞鸿秋】

功名万里忙如燕[1]，斯文一脉微如线[2]，光阴寸隙流如电[3]，风雪两鬓白如练。尽道便休官[4]，林下何曾见[5]，至今寂寞彭泽县[6]。

注释

1 功名万里：指东汉班超希望立功边疆封侯之事。《后汉书·班超传》载班超言：“大丈夫无他志略，犹当效傅介子、张骞立功异域，以取封侯，安能久事笔砚间乎？”

2 斯文：指儒家奉守的礼乐教化、典章制度、品格修养等。《论语·子罕》有：“天之将丧斯文也，后死者不得与于斯文也。”

3 光阴寸隙：形容时光飞逝。《庄子·知北游》云：“人生天地之间，若白驹之过隙，忽焉而已。”

4 尽道：都说。休官：辞官。

5 “林下”句：化用灵彻《东林寺酬韦丹刺史》诗：“相逢尽道休官好，林下何曾见一人。”林下，指山林隐逸的地方。

6 彭泽县：晋陶渊明曾为彭泽县令，后归隐。此句言真正隐居的人很少。

赏析与点评

这是一首讽刺之曲。开篇前四句用了联璧对手法，生动而极富表现力地刻画了那些终日为功名利禄而奔忙的官吏形象。这些官吏沉迷仕途，斯文丧尽，还在虚伪地假作归隐之辞。薛昂夫以“寂寞”的陶渊明作对比，将这些“忙如燕”的假名士之假面剥落殆尽。

【双调·蟾宫曲】雪

天仙碧玉琼瑶[1]，点点杨花[2]，片片鹅毛[3]。访戴归来[4]，寻梅懒去[5]，独钓无聊[6]。一个饮羊羔红炉暖阁[7]，一个冻骑驴野店溪桥[8]。你自评跋[9]，那个清高，那个粗豪。

注释

1 碧玉琼瑶：均是美玉，用来形容雪的晶莹洁白。

2 点点杨花：以杨花喻雪。苏轼《少年游》词："去年相送，余杭门外，飞雪似杨花。今年春尽，杨花似雪，犹不见还家。"

3 片片鹅毛：形容雪片大如鹅毛。白居易《雪晚喜李郎中见访》："可怜今夜鹅毛雪，引得高情鹤氅人。"

4 访戴归来：《世说新语·任诞》载，晋王徽之尝居山阴（今浙江绍兴），忽然想起住在剡中（今浙江嵊县）的友人戴安道，于是雪夜乘舟去看望他，过门不入而返。人问其故，曰："乘兴而来，兴尽而返，何必见戴。"

5 寻梅懒去：唐代著名诗人孟浩然曾骑驴踏雪访梅，留下佳话。

6 独钓无聊：化用柳宗元《江雪》："孤舟蓑笠翁，独钓寒江雪。"

7 羊羔：美酒名。此句指白居易一类雅士借雪品酒的行为，白居易有《问刘十九》诗："绿蚁新醅酒，红泥小火炉。晚来天欲雪，能饮一杯无？"

8 "一个冻骑驴"句：指孟浩然一类骚人雅士孤高洒脱的行为。

9 评跋：品评，评议。

赏析与点评

这是一首咏雪之曲，曲家无一字正面写到雪，而连用几个与雪相关的典故，借雪吟咏隐逸之趣，独具诗心而又富有新意，乃咏物曲中之精品。

【中吕·山坡羊】[1]

大江东去，长安西过[2]，为功名走尽天涯路。厌舟车[3]，喜琴书[4]。早星星鬓影瓜田墓[5]，心待足时名便足[6]。高，高处苦；低，低处苦。

注释

1 此曲《乐府群珠》题作《述怀》。

2 “大江”二句：言为功名而奔波，足迹遍于大江南北。大江，长江。长安，汉唐古都，今西安。

3 厌舟车：指以奔波求官的羁旅生活为苦业。

4 喜琴书：指以琴书自娱的隐居生活为乐事。

5 早：早已经。星星鬓影：形容鬓发花白。瓜田墓：指汉邵平，本为秦东陵侯，秦亡后，在长安城东门种瓜，味甜美，世称“青门瓜”或“东陵瓜”。这句是说自己的隐居生活。

6 待：将要，将欲。

【双调·水仙子】 集句[1]

几年无事傍江湖，醉倒黄公旧酒垆[2]。人间纵有伤心处，也不到刘伶坟上土[3]，醉乡中不辨贤愚。对风流人物，看江山画图[4]，便醉倒何如[5]！

注释

1 集句体亦为元曲巧体之一，诗词中也有集句体，都是从前人诗文存作中集取诗句，巧妙组织，形成一篇全新的作品。最早的集句诗为晋代傅咸的《七经诗》。

2 “几年”两句：集唐陆龟蒙《和袭美春夕酒醒》诗：“几年无事傍江湖，醉倒黄公旧酒垆。觉后不知明月上，满身花影倩人扶。”黄公，魏晋间一卖酒人。垆，安放酒瓮的土台。据《世说新语·伤逝》：王戎曾与友人嵇康、阮籍酣饮于黄公酒店，后来嵇康、阮籍二人去世，王戎重过此店，怀念故友，十分伤感。

3 “也不到”句：集唐李贺《将进酒》诗：“劝君终日酩酊醉，酒不到刘伶坟上土。”刘伶，西晋人，嗜酒如命，《晋书·刘伶传》载：“常乘鹿车，携一壶酒，使人荷锸而随之，谓曰：‘死便埋我。’”

4 “对风流”二句：集苏轼《念奴娇·赤壁怀古》：“大江东去，浪淘尽，千古风流人物。”“江山如画，一时多少豪杰。”

5 使：即使，纵然。

赏析与点评

集句本是一种文字游戏，有些集句往往能推陈出新，别出机杼，形成一篇新的作品，组合原先之成句焕发出新的意义。薛昂夫以集句作曲，吟咏饮酒，借醉酒写性情，而从句中“几年无事”、“伤心处”以及“不辨贤愚”等语来看，醉酒中分明还蕴含深意，曲家之醉酒未尝不似阮籍之醉酒以避黑暗之社会乎？

赵善庆

人物简介

赵善庆，生卒年不详。字文宝，一作文贤，饶州乐平（今江西省乐平县）人。善占卜之术，曾担任阴阳学正。他游历甚广，先后到过西安、奉节、长沙、湘阴、镇江、杭州等地。著有杂剧《七德舞》、《糜竺收资》、《教女兵》、《姜肱共被》、《掷笏谏》、《醉写〈满庭芳〉》、《负亲沉子》、《村学堂》八种，均已散逸。今存小令二十九首。

【中吕·山坡羊】燕子

来时春社，去时秋社[1]，年年来去搬寒热。语喃喃，忙劫劫[2]，春风堂上寻王谢[3]，巷陌乌衣夕照斜[4]。兴，多见些；亡，都尽说[5]。

长安怀古

骊山横岫[6]，渭水环秀，山河百二还如旧[7]。狐兔悲，草木秋[8]，秦宫隋苑徒遗臭，唐阙汉陵何处有[9]？山，空自愁；河，空自流。

注释

1 春社：在立春后、清明前，相传燕子这时从南方飞来。秋社：一般在立秋后第五个戊日，祭祀土地神的日子。相传燕子在这个时候回南方去。

2 喃喃：拟声词，燕子的叫声。劫劫：犹“汲汲”，匆忙急切的样子。韩愈《贞曜先生墓志铭》：“人皆劫劫，我独有余。”

3 王谢：东晋王导、谢安两大家族，后多用来代指高门贵族。刘禹锡《乌衣巷》诗：“旧时王谢堂前燕，飞入寻常百姓家。”

4 巷陌乌衣：指乌衣巷，在金陵城内，是东晋时王、谢两家豪门贵族聚居的地方。刘禹锡《乌衣巷》诗：“朱雀桥边野草花，乌衣巷口夕阳斜。”

5 “兴，多见些”二句：言多次看到豪门大族的沉浮兴亡之事。

6 骊山：在今陕西临潼县东南。秦始皇陵在此。岫（xiù）：山。

7 山河百二：比喻地势非常险要。《史记·高祖本纪》：“秦，形胜之国，带山河之险，县隔千里，持戟百万，秦得百二焉。”苏林注云：“秦地险固，二万人足当诸侯百万人也。”

8 “狐兔”两句：意谓狐兔伤心，草木悲秋，均在为长安的荒凉而哀叹。

9 秦宫隋苑、唐阙汉陵：四朝均建都长安，如今都已成历史陈迹，徒然引人唏嘘。

赏析与点评

这两首曲子都是咏史之曲。前一首借咏燕子而咏史，巧妙转换刘禹锡的《乌衣巷》诗，将千古兴亡寓于燕子的视角中，也是妙想。后一首咏长安。长安作为千古名都，如今也难敌沧桑，历史功业也都烟散云消，不能不让人心生感慨。

【双调·庆东原】泊罗阳驿[1]

砧声住，蛩韵切[2]，静寥寥门掩清秋夜。秋心凤阙[3]，秋愁雁堞[4]，秋梦蝴蝶[5]。十载故乡心，一夜邮亭月[6]。

注释

1 罗阳：地名，不详，可能是今浙江泰顺。驿：古代传递官府文书或官员往来途中食宿、换马的场所。

2 蛩韵切：蟋蟀的叫声悲切。蛩，蟋蟀。

3 秋心凤阙：秋在古代主衰杀，这里指自己的功名之心已衰退。凤阙，指代朝廷。

4 秋愁雁堞（dié）：是说雁阵勾起乡愁。堞，城上的矮墙；雁堞，即雁阵。

5 秋梦蝴蝶：借用庄周梦蝶的典故。

6 “十载故乡”二句：意谓长年飘泊在外，思念家乡；今夜在驿站的月色下，思乡之心尤切。邮亭，即驿站。

【越调·凭栏人】春日怀古

铜雀台空锁暮云[1]，金谷园荒成路尘[2]。转头千载春，断肠几辈人。

注释

1 铜雀台：在今河北省的漳县，据说为曹操所建。《三国志·魏武帝纪》：“建安十五年冬，作铜雀台。”这句是说铜雀台已经荒废。

2 “金谷园”句：金谷园也早已衰败荒凉。

马谦斋

人物简介

马谦斋，生平不详。与张可久有交游，张可久作有《天净沙·马谦斋园亭》一首。主要生活在元仁宗延佑年间。他曾在大都（今北京）等地为官，后隐居杭州。工散曲，《朝野新声太平乐府》所收颇多。今存小令十七首。

【中吕·快活三过朝天子四边静】冬[1]

【快活三】李陵台[2]，草尽枯。燕然山[3]，雪平铺。朔风吹冷到天衢[4]，怒吼千林木。【朝天子】玉壶，画图，费尽江山句。苍髯脱玉翠光浮，掩映楼台暮。画阁风流，朱门豪富，酒新香，开瓮初[5]。毡帘款籁[6]，橙香缓举[7]，半醉偎红玉。【四边静】相对红炉，笑遣金钗剪画烛[8]。梅开寒玉[9]，清香时度。何须蹇驴，不必前村去[10]。

注释

1 马谦斋《快活三过朝天子四边静》四首，分咏春、夏、秋、冬四季，今选其咏冬一首。

2 李陵台：指李陵的墓。李陵，汉初名将李广之后，善骑射，尝率军与匈奴激战，因粮乏且救兵不至，后投降匈奴。

3 燕然山：即今内蒙古杭爱山。两汉时期，汉朝与匈奴长期交战，互有胜负，直至东汉时窦宪率兵一举击溃匈奴，并在燕然山勒石记功而返。

4 天衢：天街，这里指代上都。

5 瓮：酒瓮。

6 毡帘：毡制的帘子。款籁：轻轻地吹奏籁。籁，古代的一种管乐器，三孔。

7 “橙香”句：化用周邦彦《少年游》词意：“纤手破新橙。”这几句都是写曲家与歌伎往来，倚红偎翠的快乐情形。

8 金钗：这里指代侍妾。剪画烛：语出李商隐《夜雨寄北》：“何当共剪西窗烛，共话巴山夜雨时。”后以剪烛代指促膝夜谈。

9 寒玉：指代雪。

10 “何须蹇驴”句：唐孟浩然、贾岛、李贺等著名诗人，都有骑蹇驴、踏风雪的典故，故云。蹇驴，跛蹇驽弱的驴子。

赏析与点评

马谦斋这首带过曲由三首小令组成，描写了其早年在上都的富贵生活，字里行间充满了闲适快意之趣。

【越调·柳营曲】叹世

手自搓，剑频磨[1]，古来丈夫天下多。青镜摩挲，白首蹉跎[2]，失志困衡窝[3]。有声名谁识廉颇[4]，广才学不用萧何[5]。忙忙的逃海滨，急急的隐山阿[6]。今日个，平地起风波[7]。

注释

1 剑频磨：勤学苦练，比喻胸怀壮志，准备大干一场。贾岛《述剑》诗："十年磨一剑，霜刃未曾试。今日把示君，谁有不平事？"

2 "青镜摩挲"二句：言对镜自照，白发欺人。青镜，青铜镜。摩挲，抚摩。蹉跎，虚度光阴。

3 衡窝：隐者居住的简陋房屋。《诗经·陈风·衡门》："衡门之下，可以栖迟。"衡窝即衡门。

4 廉颇：战国时赵国的良将。据《史记·廉颇列传》载，廉颇因遭受谗言逃至魏国，后赵王想重新起用他，派使者前往打探。廉颇食斗米，肉十斤，披甲上马，以示可用。但使者还报王曰："廉将军虽老，尚善饭，然与臣坐顷之，三遗矢矣。"赵王以为老，遂不召。每每引得后人感叹。如辛弃疾《永遇乐·京口北固亭怀古》："凭谁问，廉颇老矣，尚能饭否？"曲中此句也是如此。

5 萧何：汉高祖的开国元勋，辅佐刘邦开创西汉基业，功勋卓著。

6 山阿：大的山谷。

7 风波：借指凶险的仕途。辛弃疾《鹧鸪天·送人》："江头未是风波恶，人间别有行路难。"

赏析与点评

这首小令抒发仕途不畅、怀才不遇的感慨。曲家开篇用了一组很明显的对比，由胸怀壮志到两鬓斑白，可谓"有志不获骋"，内心的郁闷可想而知。结尾两句点明志不获骋的原因，正是这宦海风波险恶。形象概括了当时社会有抱负的文人一生的遭遇，艺术性极高。

【双调·水仙子】咏竹

贞姿不受雪霜侵，直节亭亭易见心[1]。渭川风雨清吟枕[2]，花开时有凤寻[3]。文湖州是个知音[4]：春日临风醉，秋宵对月吟，舞闲阶碎影筛金[5]。

注释

1 “贞姿”和“直节”既是写竹的外貌，也是写竹的内在精神气质。

2 渭川：渭河。古渭河以盛产竹子著称。

3 “花开”句：当竹子开花时就会引来凤凰。按，相传凤凰为百鸟之王，《庄子·秋水》：“（凤凰）非梧桐不止，非练实（竹实）不食，非醴泉不饮。”

4 文湖州：宋代画家文同，字与可，曾任湖州太守，擅长画竹。与苏轼交好，苏轼有《文与可画筼筜谷偃竹记》赞文与可画竹时“胸有成竹”。

5 碎影筛金：指月光漏过稀稀疏疏的竹影，如金子般闪烁。

赏析与点评

这首曲是咏竹的佳作。曲家抓住竹子两大特性：颜色无改和亭亭直节，这也是竹的精神使然，象征了那些饱经世俗磨难而气节无改的人，某种程度上也是曲家自身的写照。

【双调·沉醉东风】

取富贵青蝇竞血[1]，进功名白蚁争穴[2]。虎狼丛甚日休[3]，是非海何时彻[4]？人我场慢争优劣[5]，免使傍人做话说[6]，咫尺韶华去也[7]。

注释

1 青蝇竞血：如苍蝇一般争相吮血。

2 白蚁争穴：李公佐《南柯太守传》言槐安国与檀萝国为了争夺蚁穴，大动干戈，伏尸无数。白蚁争穴和青蝇竞血都比喻人世间的名利之争。

3 虎狼丛：比喻贪婪残暴的官场。

4 是非海：比喻人世间种种是非纠纷。彻：完，尽。

5 “人我场”句：指人与人之间相互排挤、算计的尘世。慢，同“谩”，徒劳。

6 傍人：即旁人。

7 咫尺韶华：犹言光阴短暂。咫，长度名，周制八寸。韶华，指美好的时光。

赏析与点评

这首曲子极力鞭笞了官场的种种丑态恶习，表达了曲家的反思与警醒。曲家本身有仕宦经历，早年还颇为得志，后来恐怕是看破官场是非，急流勇退。这首曲子正是曲家晚年思考的结晶。这一反思与警醒也足以为来者戒。

张可久

人物简介

张可久（约一二七〇至一三五〇），字小山（一说名伯远，字可久，号小山），庆元（今浙江宁波鄞县）人。一生仕途不畅，沉沦下僚，一直担任路吏、铜庐典史等小吏，后从路吏转首领官，元至正初七十余岁时，尚为昆山幕僚。平生好遨游，足迹遍布江浙、湖南各地，晚年隐居杭州。长于散曲创作，与乔吉并称“双璧”，与张养浩并称“二张”， 与卢挚、贯云石等人唱和颇多。在元代时即有《今乐府》、《无盐》、《苏堤渔唱》、《小山北曲联乐府》四部散曲集。今存小令八百五十五首，套数九篇，为元人中存散曲最多者。明朱权《太和正音谱》称他为“词林之宗匠”。

【双调·折桂令】湖上即事叠韵[1]

锦江头一掬清愁[2]，回首盟鸥[3]。杨柳汀洲，俊友吴钩[4]。晴秋楚岫[5]，退叟齐丘。赋远游黄州竹楼[6]，泛中流翠袖兰舟[7]。檀口歌讴[8]，玉手藏阄[9]，诗酒觥筹[10]，邂逅绸缪[11]，醉后相留。

注释

1 叠韵为元曲巧体之一，是指一句之中重叠用韵（如本曲首句中的头、愁，次句中的首、鸥），可重叠两次或三次。

2 掬：用两手捧（东西）。

3 盟鸥：“鸥盟”的倒装。指与鸥鸟为友，常比喻归隐。

4 吴钩：春秋时流行的一种弯刀。后世多用来指代豪情壮志。

5 岫：小山。

6 远游：屈原赋名，由于对污浊的朝廷不满，诗人被迫远游，作此赋。黄州竹楼：北宋王禹偁忠贞刚直，被贬黄州，写下《黄州新建小竹楼记》，描写了谪居之乐。

7 翠袖：指代美女。此句有暗用屈原《湘君》诗意。

8 檀口：红艳的嘴唇，代指歌女。

9 阄：有暗号的纸团或纸片儿。

10 觥：盛酒用的器皿。筹：古代投壶所用的矢。

11 邂逅绸缪：是说偶然相识即彼此有情，相处欢洽。

赏析与点评

这首曲子曲题点明乃是即事而作，曲家在曲中记录了一次湖上偶遇，偶遇之后彼此相谈甚欢、情志相投的情形。值得注意的是，曲家数次运用与归隐相关的典故，也表达了曲家仕途不畅、壮志消退的情怀，那么这次湖上偶遇的大醉同乐也就有了借乐浇愁的意味。

【中吕·朝天子】 山中杂书

醉余，草书，李愿盘谷序[1]。青山一片范宽图[2]，怪我来何暮。鹤骨清癯[3]，蜗壳蘧庐[4]，得安闲心自足。蹇驴[5]，和酒壶，风雪梅花路。

春思

见他，问咱[6]，怎忘了当初话。东风残梦小窗纱，月冷秋千架。自把琵琶，灯前弹罢。春深不到家。五花[7]，骏马，何处垂杨下[8]。

注释

1 李愿盘谷序：韩愈作《送李愿归盘谷序》，言盘谷"泉甘而土肥"，是"隐者之所盘旋"的地方。此处用以指代自己欣赏的隐居生活。

2 范宽：字中立，北宋著名的山水画家，代表作为《溪山行旅图》。陆游《初冬杂题》诗："身在范宽图画里，小楼西角剩凭栏。"

3 鹤骨清癯（qú）：指自己如鹤骨嶙峋般清瘦。清癯，清瘦。

4 蜗壳：比喻如蜗牛壳狭小的圆形屋子。三国时焦先作圆舍，形如蜗牛壳，称为蜗牛庐。蘧（qú）庐：客舍。《庄子·天运》："仁义，先王之蘧庐也，止可以一宿，而不可以久处。"类似现今所谓的旅店。这里是代指自己房屋简陋。

5 蹇驴：用唐孟浩然、贾岛、李贺等著名诗人骑蹇驴、踏风雪的典故。

6 咱：元代口语中的助词，相当于现代汉语中的"着"。

7 五花：唐人把马鬃剪成三簇的叫三花，剪成五簇的叫五花。李白《将进酒》："五花马，千金裘，呼儿将出换美酒，与尔同销万古愁。"

8 何处垂杨下：古人习惯将马系于垂杨之下，如李白《广陵赠别》："系马垂杨下，衔杯大道间。"多代指远游，此处指思妇不知游子停留何方。

赏析与点评

张可久的《山中杂书》共三首，此处为第三首，曲子歌咏隐居之乐，陶写自己安处乡野的闲适，这种风味也是小山乐府中最为常见的。《春思》乃一首闺怨题材的曲子，曲词明白如话，描写了思妇对游子的思念，与传统诗词中的游子思妇题材相比较，更显通透些。

【双调·庆东原】次马致远先辈韵九篇[1]

门长闭，客任敲，山童不唤陈抟觉[2]。袖中六韬[3]，鬓边二毛[4]，家里箪瓢[5]。他得志笑闲人，他失脚闲人笑。

又

难开眼，懒折腰[6]，白云不应蒲轮召[7]。解组汉朝[8]，寻诗灞桥[9]，策杖临皋[10]。他得志笑闲人，他失脚闲人笑。

注释

1 马致远：元曲四大家之一，其介绍参见前。张可久《双调·庆东原·次马致远韵》共九首，今选其中之二。

2 陈抟：北宋初著名的道士，以好睡闻名。马致远作有杂剧《陈抟高卧》。

3 六韬：古代兵书，相传为吕尚（姜子牙）所作。

4 鬓边二毛：两鬓的花白头发。《左传·僖公二十二年》："君子不重伤，不禽二毛。"杜预注："二毛，头白有二色。"

5 家里箪瓢：比喻清贫的生活。《论语·雍也》："（颜回）一箪食，一瓢饮，在陋巷，人不堪其忧，回也不改其乐。"

6 折腰：指卑躬屈节。李白《梦游天姥吟留别》："安能摧眉折腰事权贵，使我不得开心颜。"

7 "白云"句：不接受隆重的征召。蒲轮，用蒲草裹着车轮，以免颠簸。《汉书·武帝纪》："遣使者安车蒲轮，束帛加璧，征鲁申公（经学专家）。"

8 解组：解下印绶，代指辞去官职。组，印绶。汉朝：不敢明指当代，乃以"汉"代指。

9 灞桥：位于今西安城东。唐时长安人们送别亲友多在此，折柳赠诗，极具文化氛围。

10 临皋：在湖北黄冈县南江边，苏轼曾寓居于此。苏轼有《临江仙·夜归临皋》词，词中云："倚杖听江声"，"小舟从此逝，江海寄余生。"曲家借此展现自己厌恶俗世、渴望超脱的情怀。

赏析与点评

这两首曲子都吟咏隐居之趣，表现了曲家安贫乐道、笑看功名的高洁情怀。张可久的九首《庆东原》都以"他得志笑闲人，他失脚闲人笑"结尾，讽喻了那些眼光短浅的世俗庸人。

【中吕·卖花声】怀古

阿房舞殿翻罗袖[1]，金谷名园起玉楼[2]，隋堤古柳缆龙舟[3]。不堪回首，东风还又[4]，野花开暮春时候。

又

美人自刎乌江岸[5]，战火曾烧赤壁山[6]，将军空老玉门关[7]。伤心秦汉，生民涂炭[8]，读书人一声长叹。

注释

1 阿房：旧读（ēpáng），即著名的阿房宫，秦始皇修建，富丽堂皇，穷极侈丽，实际上没有完工。后来被项羽焚毁。罗袖：代指美女。这句是说，当年秦始皇曾在华丽的阿房宫里观赏歌舞，尽情享乐。

2 金谷名园：在今河南洛阳市西，是晋代豪富石崇的别墅，其中的建筑和陈设也异常奢侈豪华。

3 隋堤古柳：隋炀帝开通济渠，沿河筑堤种柳，称为“隋堤”，即今江苏以北的运河堤。缆龙舟：指隋炀帝沿运河南巡江都（今江苏扬州）事。

4 东风还又：又吹起了东风。

5 “美人”句：秦末楚汉相争，最终项羽被刘邦困于垓下（今安徽灵璧县东南），夜闻四面楚歌，自知大势已去，乃高歌《垓下歌》与美人虞姬诀别，然后乘夜突出重围。在乌江（今安徽和县东）又被汉军追上，于是自刎而死。此处此典乃是合项羽与虞姬为一。

6 “战火”句：指东汉末年的赤壁之战。赤壁在今湖北嘉鱼县境。汉献帝建安十三年（公元二〇八年），孙、刘联军曾以火攻击败曹操数十万大军。

7 “将军”句：东汉班超因久在边塞镇守，以己年老而思乡求归，乃上疏云：“臣不敢望到酒泉郡，但愿生入玉门关。”

8 秦汉：泛指前朝各代。生民：人民。涂炭：比喻遭受灾难。涂，泥涂；炭，炭火。

赏析与点评

这两首《卖花声》都是咏史怀古之曲。第一首讽喻了历史上那些穷奢极欲不免败亡的人物，结以野花暮春对比，无限感慨，风味近乎词。第二首列举了历史上著名的英雄事迹，笔锋一转，指出这些历史英雄人物风光的背后都是人民的苦难，结以长叹。曲语直白通透，与张养浩的《潼关怀古》有异曲同工之妙。

【黄钟·人月圆】春日次韵

罗衣还怯东风瘦[1]，不似少年游。匆匆尘世，看看镜里，白了人头。片时春梦，十年往事[2]，一点诗愁。海棠开后，梨花暮雨，燕子空楼[3]。

注释

1 罗衣：轻便的丝质衣服。这里指穿罗衣的人。

2 “片时春梦”两句：杜牧《遣怀》诗云：“落魄江湖载酒行，楚腰纤细掌中轻。十年一觉扬州梦，赢得青楼薄幸名。”此借用其意。

3 “燕子”句：唐张建封曾纳盼盼于燕子楼，后张建封死，盼盼空守不另嫁。苏轼《永遇乐》：“燕子楼空，佳人何在，空锁楼中燕。”此处用其意。

【中吕·朝天子】和贯酸斋[1]

小诗，半纸，几个相思字，两行清泪破胭脂[2]。镜里人独自。燕子莺儿，蜂媒蝶使，正春光明媚时。柳枝，翠丝，萦系煞心间事[3]。

席上有赠

教坊[4]，色长[5]，曾侍宴丹墀上[6]，可怜新燕妒新妆。高髻堆宫样[7]。芍药多情，海棠无香[8]。花不如窈窕娘。锦囊[9]，乐章[10]，分付向樽前唱。

注释

1 张可久在杭州时，与贯云石、卢挚等人交好，故与贯云石等唱和颇多，此即其中之一。

2 “两行”句：指眼泪流下来冲花了胭脂。

3 煞：甚，非常。

4 教坊：古代国家和地方专管音乐、歌舞类的机构。

5 色长：教坊中各类艺人的头目。

6 丹墀（chí）：古代宫殿前的台阶都以红色涂饰，故名。又称丹陛。岑参《寄左省杜拾遗》诗：“联步趋丹陛，分曹限紫微。”

7 宫样：宫廷中流行的式样。

8 此处化用秦观《春日》诗：“一夕轻雷落万丝，霁光浮瓦碧参差。有情芍药含春泪，无力蔷薇卧晓枝。”

9 锦囊：用锦做成的袋子，古代多用来装诗稿或信件。

10 乐章：指词章、曲子。

赏析与点评

第一首曲子乃是张可久与贯云石唱和之曲，属相思题材。曲家代女子立言，极写相思情形，颇为传神。

【中吕·满庭芳】山中杂兴

人生可怜，流光一瞬[1]，华表千年[2]。江山好处追游遍，古意翛然[3]。琵琶恨青衫乐天[4]，洞箫寒赤壁坡仙[5]。村酒好溪鱼贱，芙蓉岸边。醉上钓鱼船。

又

风波几场[6]，急疏利锁，顿解名缰[7]。故园老树应无恙，梦绕沧浪[8]。伴赤松归欤子房[9]，赋寒梅瘦却何郎[10]。溪桥上，东风暗香，浮动月昏黄[11]。

注释

1 流光一瞬：指光阴如流水般转瞬逝去。

2 华表千年：据《搜神后记》载，传说丁令威在灵虚山学道成仙后，化鹤归来，栖于城门华表柱上。有少年欲射之，鹤乃飞鸣作人言："有鸟有鸟丁令威，去家千年今始归。城郭如故人民非，何不学仙冢累累。"华表，古代竖立在宫殿、城垣或陵墓前的石柱。

3 翛（xiāo）然：无拘无束、自由自在的样子。

4 "琵琶恨"句：白居易，字乐天，作有长诗《琵琶行》："座中泣下谁最多，江州司马青衫湿。"青衫，文官八品、九品衣服的颜色，后多代指失意的文人。

5 "洞箫寒"句：苏轼，号东坡，人们呼为坡仙。他被贬黄州后，曾与客泛舟游于赤壁之下，并写下《前赤壁赋》、《后赤壁赋》。其《前赤壁赋》有："客有吹洞箫者，倚歌而和之。其声呜呜然，如怨如慕，如泣如诉；余音袅袅，不绝如缕。"此用其事。

6 风波：指人世间的是非沉浮。

7 利锁、名缰：指名利如同枷锁、缰绳一般束缚住人。

8 沧浪：这里指避世隐居的想法。《楚辞·渔父》："渔父莞尔而笑，鼓枻而去，歌曰：'沧浪之水清兮，可以濯吾缨；沧浪之水浊兮，可以濯吾足。'"王逸《楚辞章句》："渔父避世隐身，钓鱼江滨，欣然自乐。"

9 "伴赤松"句：赤松，指赤松子，传说中的仙人。《史记·留侯世家》："（张良）愿弃人间事，欲从赤松子游耳。"子房，即张良。

10 “赋寒梅”句：何郎，指何逊，南朝梁著名的文学家。何逊为扬州法曹时，舍下有一株早梅，何逊吟咏其下。后居洛阳，思念梅花，复至扬州，对花彷徨有日。杜甫有诗云：“东阁官梅动诗兴，还如何逊在扬州。”瘦却，因日夕吟咏而消瘦。

11 “东风暗香”二句：林逋《山园小梅》诗有“疏影横斜水清浅，暗香浮动月黄昏”，此借用林诗诗意。

赏析与点评

张可久此曲吟咏隐居思归之情。开篇曲家即指出早已看透人世间种种恶况，希望能挣脱名利的枷锁，接着连用屈原、张良、何逊之典，点明自己念家思归、渴求隐居超脱的情怀。曲语典雅、蕴藉，词化特征明显。

【中吕·齐天乐带红衫儿】道情[1]

【齐天乐】人生底事辛苦[2]，枉被儒冠误[3]。读书，图，驷马高车[4]，但沾着者也之乎[5]。区区[6]，牢落江湖[7]，奔走在仕途。半纸虚名，十载功夫[8]。人传梁甫吟[9]，自献长门赋[10]，谁三顾茅庐。【红衫儿】白鹭洲边住，黄鹤矶头去[11]，唤奚奴[12]，鲙鲈鱼，何必谋诸妇[13]。酒葫芦，醉模糊，也有安排我处。

注释

1 道情：中国传统曲艺，本是唐宋以来道士宣扬道家思想或是演绎道家故事的曲艺表演，后来多以民间故事为题材。

2 底事：何事。

3 儒冠：古时读书人戴的帽子。杜甫《奉赠韦左丞二十二韵》诗有："纨袴不饿死，儒冠多误身。"

4 驷马高车：古代显贵者所驾四匹马的高车，以示地位显赫。驷，一车四马。司马相如未成名时，从四川去长安，过成都升仙桥，题字："不乘高车驷马不过此桥。"事见《成都纪》。

5 者也之乎：古汉语中的虚词，这是嘲讽旧知识分子的咬文嚼字。

6 区区：微小。

7 牢落：没有寄托，四处奔走的样子。陆机《文赋》："心牢落而无偶。"

8 十载功夫：指多年寒窗苦读。元刘祈《归潜志》云："十载寒窗无人问，一举成名天下知。"

9 梁甫吟：一作"梁父"，乐府楚调曲名，音调凄凉，古辞今已不传。今《乐府诗集》中收有一首传为诸葛亮所作，咏齐相晏婴以二桃杀三士事。《三国志·诸葛亮传》："亮躬耕垄亩，好为梁父吟。"

10 长门赋：司马相如《长门赋序》："孝武皇帝陈皇后，时得幸，颇妒，别在长门宫，愁闷悲思。闻蜀郡成都司马相如天下工为文，奉黄金百斤，为相如、文君取酒，因于解悲愁之辞，而相如为文以悟主上，陈皇后复得亲幸。"史传无此记载，此序虽见于《昭明文选》，学界多疑为后人伪托。

11 白鹭洲、黄鹤矶：白鹭洲在南京市水西门外，黄鹤矶在武汉蛇山。这里代指漫游各地名胜。

12 奚奴：奴仆。奚，魏晋时期西南少数民族的名称，为中原人对异族的蔑称。

13 “鲙（kuài）鲈鱼”二句：把鲈鱼细切烹调。鲙，同“脍”。这里化用了苏轼《后赤壁赋》：“客曰：‘今者薄暮，举网得鱼，巨口细鳞，状似松江之鲈。顾安所得酒乎？’归而谋诸妇。妇曰：‘我有斗酒，藏之久矣，以待子不时之需。’”

赏析与点评

这首带过曲由两首小令组成，前一首中张可久主要抒发了读书人的牢骚和怀才不遇的愤慨。古代读书人十载寒窗，苦读诗书，只得到这一纸虚名，有才不得用，有志不获骋，也隐喻了曲家自身的感慨。后一首则结题“道情”，为这群郁闷的读书人指明出路，乃是看破红尘，逍遥江湖。这也有怀才不遇的感慨在内，可谓无奈如此。

【越调·寨儿令】次韵[1]

你见么，我愁他，青门几年不种瓜[2]。世味嚼蜡，尘事抟沙，聚散树头鸭[3]。自休官清煞陶家[4]，为调羹俗了梅花[5]。饮一杯金谷酒[6]，分七碗玉川茶[7]。嗏，不强如坐三日县官衙。

注释

1 张可久所作《寨儿令》凡二十首，此选其一。

2 “青门种瓜”指秦东陵侯邵平事。《史记·萧相国世家》：“邵平者，故秦东陵侯。秦破为布衣，贫，种瓜于长安城东，瓜美，俗谓之‘东陵瓜’。”

3 “世味”此三句是说人生无味，人事不可捉摸，聚散无常。嚼蜡：比喻无味。抟沙：捏沙成团。

4 清煞陶家：指陶渊明辞官归家后，“乐琴书以消忧”，清闲极了。

5 “为调羹”句：梅子味酸，古人常用为调味品。《尚书·说命》：“若作和羹，尔惟盐梅。”后常用盐梅喻宰相或位高权重之人。这里是说梅花本是清雅之物，如作调羹之用，就显得俗了。此句表明愿保持隐士的清高品格，不愿做官。

6 金谷酒：晋石崇在洛阳附近造金谷园别墅，常在园中宴饮，即席赋诗，赋诗不成者，罚酒三杯。

7 七碗玉川茶：唐代诗人卢仝，号玉川子，喜饮茶。其《走笔谢孟谏议寄新茶》诗云：“一碗喉吻润，两碗破孤闷，三碗搜枯肠，惟有文字五千卷。四碗发轻汗，平生不平事，尽向毛孔散。五碗肌骨清，六碗通仙灵。七碗吃不得也，惟觉两腋习习清风生。蓬莱山在何处，玉川子乘此清风。”

赏析与点评

这首曲也是歌咏隐逸，抒发人生感慨。要保持自身的高贵人格，就不要在仕途上奔波劳碌，君不见连贵为秦侯的邵平尚且如此，你一个小小的县令还有什么好说的！这种感慨是小山乐府中较为多见的。

任昱

人物简介

任昱（yù），生卒年不详。字则明，四明（今浙江宁波市）人。约与张可久、曹名善等同时。年轻时喜狎游，流连青楼乐馆，所作散曲在歌伎中传唱很广。早年曾往来游历苏、杭间，晚年锐志读书，擅长五言诗，曾与杨维桢等唱和。现存小令五十九首，套数一篇。

【正宫·小梁州】湖上分韵得玉字[1]

波涵玉镜浸清晖[2]，鸣玉船移，玉箫吹过玉桥西。玉泉内，玉树锦云迷。【幺】[3]玉楼帘幕香风细，玉阑干杨柳依依。飞玉觞[4]，留玉佩[5]，玉人沉醉。花外玉骢嘶[6]。

注释

1 本曲运用嵌字体，为元曲巧体之一，曲中每句嵌一“玉”字。

2 清晖：山水的代称。

3 幺：北曲后一曲与前调相同，则称《幺》或《幺篇》。幺，即又。词大多两片，而南北曲一般单片，所以任昱两支《小梁州》连用，且内容密切关联，已然近乎词。

4 玉觞：玉杯，泛指酒杯。

5 留玉佩：据刘向《列女传》载，周人郑交甫游汉江遇二女，不知其神人也，见而悦之，二女解下玉佩给他，后来二女及玉佩皆不见。

6 玉骢：玉花骢，泛指骏马。

【中吕·上小楼】隐居

荆棘满途[1]，蓬莱闲住[2]。诸葛茅庐[3]，陶令松菊[4]，张翰莼鲈[5]。不顺俗，不妄图[6]，清风高度。任年年落花飞絮。

注释

1 荆棘满途：比喻仕途险恶。这与历代诗人吟咏的“行路难”为同一表达方式。白居易《伤唐衢诗》：“天高未及闻，荆棘生满地。”

2 蓬莱：传说中为神仙所居之地，此用来比喻自己的隐居之地。一说为绍兴龙山下的蓬莱阁，当地名胜。任昱乃附近的人，隐居于此很有可能。

3 诸葛茅庐：诸葛亮年轻时隐居南阳，住茅屋，亲自耕种。

4 陶令松菊：陶渊明喜种松菊，其《归去来兮辞》有：“三径就荒，松菊犹存。”

5 张翰莼鲈：据《晋书·张翰传》载，吴郡张翰在洛阳为官，见秋风起，乃思吴中菰菜、莼羹、鲈鱼脍，曰：“人生贵适意，何能羁宦数千里以要名爵乎！”遂命驾而归。

6 妄图：妄想。

赏析与点评

这首曲子写曲家的隐居之情，开篇点明曲家之隐居乃是情势使然，仕途险恶、世道艰难，其后连用三个典故构成鼎足对，既写历史上隐居之著名人物，也有借此自比之意。结句出以“落花飞絮”之意象，休闲而淡雅，亦是整首曲之格调。

【南吕·金字经】重到湖上

碧水寺边寺[1]，绿杨楼外楼[2]，闲看青山云去留。鸥，飘飘随钓舟。今非旧，对花一醉休[3]。

注释

1 寺边寺：杜牧《江南春》绝句："南朝四百八十寺，多少楼台烟雨中。"

2 楼外楼：南宋林升《题临安邸》诗有"山外青山楼外楼，西湖歌舞几时休"。林诗隐含讽喻之旨，本曲并无此意。

3 花：花朵；也可能指美人。休：罢了。

赏析与点评

此曲借写西湖盛景，抒发物是人非的感慨。

【双调·沉醉东风】信笔[1]

有待江山信美[2]，无情岁月相催。东里来[3]，西邻醉，听渔樵讲些兴废[4]。依旧中原一布衣[5]，更休想麒麟画里[6]。

注释

1 信笔：随手所写。

2 信美：的确很美。

3 东里：东边的邻里，与下句的“西邻”为对，“邻”、“里”互文。

4 兴废：指朝代更替。

5 布衣：平民。后来多指没有做官的读书人。

6 麒麟画：汉宣帝时曾将功臣霍光、张安世等十一人的图像供于麒麟阁上。后世即以“麒麟画”代指建功立业，留名青史。杜甫《投赠哥舒开府翰》：“今代麒麟阁，谁人第一功？”

赏析与点评

此曲为随手所作，描写了乡村幽居生活，抒发了年华老去而功业无成的烦闷。

徐再思

人物简介

徐再思，生卒年不详。字德可，号“甜斋”，嘉兴（今浙江嘉兴）人。曾任嘉兴路吏。约与贯云石、张可久同时。贯云石号“酸斋”，后人合辑贯徐二人的作品，称为“酸甜乐府”。现存散曲有小令一百零三首，内容多是写江南风物和闺情。近人任讷《酸甜乐府序》云：“甜斋之作，虽以清丽为质，而实无背于曲之所以为曲。”

【双调·沉醉东风】春情

一自多才间阔[1]，几时盼得成合[2]。今日个猛见他，门前过，待唤着怕人瞧科[3]。我这里高唱当时水调歌[4]，要识得声音是我。

注释

1 多才：多才郎君。间阔：久别。

2 成合：结合。

3 瞧科：察觉、瞧见。

4 水调歌：指《水调歌头》曲。

赏析与点评

徐再思以“春情”为题的曲较多，这一首重在心理描写，将女子偶遇心上人的激动、忐忑和期盼展现得颇为动人，曲词保留大量的口语，通俗通透，正是当行本色。

【双调·蟾宫曲】春情

平生不会相思，才会相思，便害相思。身似浮云，心如飞絮，气若游丝[1]。空一缕余香在此，盼千金游子何之[2]。症候来时[3]，正是何时？灯半昏时，月半明时。

注释

1 游丝：空中飘浮的蛛丝，这里比喻气息十分微弱。

2 何之：到哪里去。之，往。

3 症候：疾病，这里指相思的痛苦。

赏析与点评

这一首《春情》也是写男女相思，曲子在表现年轻女子的相思之情上入木三分，读来缠绵动人，极尽相思情状，故人称“得相思三昧”。

【仙吕·一半儿】

病酒[1]

昨宵中酒懒扶头[2]，今日看花惟袖手[3]，害酒愁花人问羞。病根由，一半儿因花一半儿酒。

落花

河阳香散唤提壶[4]，金谷魂消啼鹧鸪[5]，隋苑春归闻杜宇[6]。片红无，一半儿狂风一半儿雨。

春情

眉传雨恨母先疑[7]，眼送云情人早知，口散风声谁唤起。这别离，一半儿因咱一半儿你。

注释

1 病酒：饮酒沉醉。

2 中酒：醉酒。扶头：指扶头酒。酒醉醒后又饮少量淡酒用以解醒。李清照《念奴娇》：“险韵诗成，扶头酒醒，别是闲滋味。”

3 花：喻美人。袖手：藏手于袖，指不能或不想参与其事。

4 “河阳”句：晋潘岳曾任河阳县令，在县境内遍种桃李，时人称为“花县”。庾信《春赋》：“河阳一县并是花。”提壶，鸟名，即“鹈鹕”，又名“提壶芦”、“提葫芦”。欧阳修《啼鸟》：“独有花上提壶芦，劝我沽酒花前醉。”

5 “金谷”句：《晋书·石崇传》载，石崇有妓名绿珠，美而艳，孙秀使人求之，拒不许。秀乃矫诏收崇，绿珠亦自投楼而死。唐代著名诗人杜牧在《金谷园》诗中感叹道：“繁华事散逐香尘，流水无情草自春。日暮东风怨啼鸟，落花犹似坠楼人！”曲中化用此诗。

6 隋苑：故址在今江苏扬州市西北，系隋炀帝所建。这三句构成鼎足对。

7 传：涂，密布。雨恨：同后一句的“云情”互文，指情感。

赏析与点评

《一半儿》曲特征是尾句叠用两句“一半儿”，这组曲第一、三两首亦是写男女之情。第一首写男子的心理活动，见到意中人“情羞”而袖手；第三首从女子视角出发，一组鼎足对将两人似隐秘而实际早为人知的情感状态写得活灵活现。

【双调·水仙子】夜雨

一声梧叶一声秋[1]，一点芭蕉一点愁[2]，三更归梦三更后。落灯花，棋未收[3]，叹新丰孤馆人留[4]。枕上十年事[5]，江南二老忧[6]，都到心头。

注释

1 “一声”句：化用温庭筠《更漏子》：“梧桐树，三更雨，不道离情正苦。一叶叶，一声声，空阶滴到明。”

2 “一点芭蕉”句：芭蕉夜雨乃古典文学的经典意象，因芭蕉叶大，雨声清脆，而一夜听雨正是愁之深处。如杜牧《芭蕉》诗：“芭蕉为雨移，故向窗前种。怜渠点滴声，留得归乡梦。梦远莫归乡，觉来一翻动。”

3 落灯花，棋未收：赵师秀《有约》诗：“有约不来过夜半，闲敲棋子落灯花。”

4 新丰：故址在今陕西省临潼县北。据《史记·高祖本纪》，汉刘邦定都关中，因其父太公思归故乡，乃仿丰地街道筑城，徙诸故旧于此，使太公居之，乃大悦，且更地名曰新丰。唐代人马周未发迹时，曾寄宿新丰，遭到店主冷遇。这里暗用其事。

5 枕上十年事：此处化用黄庭坚《虞美人》（宜州见梅作）：“平生个里愿深怀，去国十年老尽少年心。”十年乃虚数，泛指平生遭际。

6 江南：因作者家在江南，故云。二老：双亲。

赏析与点评

这首曲写羁旅之愁，曲家极有新意地组织一连串数字入曲，将愁铺垫得十分浓郁。又自羁旅之愁中深化到人生遭际之忧，情感自然流畅而真挚动人，明王世贞在《艺苑卮言》中称赞为“情中紧语”。

【双调·卖花声】

雪儿娇小歌金缕[1]，老子婆娑倒玉壶[2]，满身花影倩人扶[3]。昨宵不记，雕鞍归去，问今朝酒醒何处[4]。

又

云深不见南来羽[5]，水远难寻北去鱼[6]，两年不寄半行书。危楼目断[7]，云山无数，望天涯故人何处[8]。

注释

1 雪儿：唐代有名的艺伎，后成为李密的爱姬。金缕：曲名，即《金缕曲》。

2 老子：指代自己。玉壶：指酒壶。此句化用辛弃疾《沁园春·弄溪赋》："徘徊久，问人间谁似，老子婆娑。"和《感皇恩·寿范倅》："一醉何妨玉壶倒。"

3 "满身"句：陆龟蒙《和袭美春夕酒醒》："觉后不知明月上，满身花影倩人扶。"此用其句意。

4 "问今朝"句：化用柳永《雨霖铃》："今宵酒醒何处？杨柳岸晓风残月。"

5 南来羽：南来雁。此句同下句"北去鱼"互文，合为"鱼雁传书"，代指送信的使者。

6 北去鱼：汉乐府《饮马长城窟行》："客从远方来，遗我双鲤鱼。呼儿烹鲤鱼，中有尺素书。长跪读素书，书中竟何如。"后因以书信或书人为"鱼书"或"鱼雁"。

7 危楼：高楼。目断：目力所及。

8 此句化用晏殊《蝶恋花》："昨夜西风凋碧树，独上高楼，望尽天涯路。"

赏析与点评

这两首曲一写欢会，一写别离，曲语典雅，化用诗词颇多，题材和意境都非常接近于词，也可见元中叶之后，曲的词化特征已然非常明显。

【黄钟·人月圆】甘露怀古[1]

江皋楼观前朝寺[2]，秋色入秦淮[3]。败垣芳草，空廊落叶，深砌苍苔[4]。远人南去，夕阳西下，江水东来。木兰花在，山僧试问[5]：知为谁开？

注释

1 甘露：指甘露寺，在今江苏镇江市北固山北峰，相传为三国孙吴时所建。

2 江皋：水边的高地。观（guàn）：寺庙建筑。

3 秦淮：即秦淮河，经南京流入长江。这里代指江南地区。

4 深砌苍苔：高高的台阶下长满青苔。

5 山僧试问：“试问山僧”的倒装。

【双调·清江引】

相思有如少债的，每日相催逼。常挑着一担愁，准不了三分利，这本钱见他时才算得。

赏析与点评

这首《清江引》也是一首相思曲，曲家将相思比喻成欠债讨债，构思精巧，用语通俗流利，读来颇具谐趣。

宋方壶

人物简介

宋方壶，名子正，华亭（今上海松江）人。生平不详。约生活于元末明初。尝于华亭莺湖筑房数间，昼夜长明，如洞天状，名之曰方壶，因以为号。方壶日坐其中，吟咏自适。工散曲，入明之后还有创作，现存小令十三首，套数五篇。

【中吕·山坡羊】 道情

青山相待，白云相爱，梦不到紫罗袍共黄金带[1]。一茅斋，野花开。管甚谁家兴废谁成败，陋巷箪瓢亦乐哉[2]。贫，气不改；达，志不改[3]。

注释

1 紫罗袍：古代高级官员的服装，这里指代高官厚禄。

2 陋巷箪瓢：指代质朴简单的生活。《论语·雍也》称赞颜回道："一箪食，一瓢饮，在陋巷，人不堪其忧，回也不改其乐。"这里曲家以颜回自比。

3 "贫，气不改"二句：《论语·学而》："贫而无谄，富而无骄。"《孟子·滕文公下》："富贵不能淫，贫贱不能移，威武不能屈，此之谓大丈夫。"曲语浓缩二句之义。

赏析与点评

这首曲是宋方壶自吐心声。何之谓大丈夫？孟子的说法显然给中国正直的士子影响非常大，宋方壶身处元末，乱世而居穷，用这首曲表达了自己追随颜回、孟子，安贫乐道、独守气节的志趣。此曲影响较广，金庸在《射雕英雄传》中"穿越时代"借黄蓉之口吟唱了此曲。

【双调·水仙子】居庸关中秋对月

一天蟾影映婆娑[1]，万古谁将此镜磨[2]。年年到今宵不缺些儿个[3]，广寒宫好快活[4]，碧天遥难问姮娥[5]。我独对清光坐，闲将《白雪歌》[6]，月儿你团圆我却如何。

注释

1 蟾影：月影。相传月中有蟾蜍，故以“蟾”为“月”的代称。

2 此镜：指月亮。因月形圆而明亮，故比为镜。

3 些儿个：元人口语，一点儿。

4 广寒宫：《龙城录·明皇梦游广寒宫》载，传说唐明皇游月中，见一大宫殿，曰“广寒清虚之府”。后人因称月宫为“广寒宫”。

5 “碧天遥”句：姮娥，即嫦娥，相传因偷食西王母仙药后奔月。

6《白雪歌》：相传为古代楚国比较高雅的乐曲。宋玉《对楚王问》有云：“客有歌于郢中者，其始曰《下里》、《巴人》，国中属而和者数千人……其为《阳春》、《白雪》，国中属而和者不过数十人。”

【中吕·红绣鞋】阅世

短命的偏逢薄幸[1]，老成的偏遇真成[2]，无情的休想遇多情。懵懂的怜瞌睡[3]，鹘伶的惜惺惺[4]，若要轻别人还自轻。

注释

1 短命的：指缺德的人。薄幸：无情（人），负心（人）。

2 老成：成熟稳重，社会经验多。真成：真挚老实。

3 懵懂：痴呆，不晓事理，指糊里糊涂的人。瞌睡：糊涂，混日子。怜：怜爱，喜欢。

4 鹘（gǔ）伶：精灵鬼，狡猾的。惺惺：机警的，聪明的。两者都是指聪明的人。

赏析与点评

元曲多有以《叹世》、《阅世》为题者，多是表达曲家对社会的判断和认识，最后多归结为隐居避世。此曲不然，曲家用六组现象观照人生，可分为两大组，每组前两句列举现象是为了上升到总结的第三句。哲理升华，警策而有力。曲语明快风趣，又保留了大量口语，通俗而形象。

【双调·清江引】托咏

剔秃圞一轮天外月[1]，拜了低低说。是必常团圆[2]，休着些儿缺。愿天下有情底似你者。

注释

1 剔秃圞：元人俗语，特别圆。

2 是必：务必、必须。

赏析与点评

这首咏月之曲简洁而通俗，全曲以大量俗语入曲，吟咏自然界常见的“月圆”现象，有所升华的是曲家将人情附在月圆之上，归结为“月圆人长久”的美好祝愿，有情有思有致。

孙周卿

人物简介

孙周卿（？至约一三三〇），古邠（今陕西省彬县）人。生平事迹不详，孙楷第先生《元曲家考略》考证其曾为官，后归隐湘中。今存小令二十三首，套数两篇。

【双调·水仙子】[1] 舟中

孤舟夜泊洞庭边，灯火青荧对客船[2]，朔风吹老梅花片[3]。推开篷雪满天，诗豪与风雪争先[4]。雪片与风鏖战[5]，诗和雪缴缠[6]。一笑琅然[7]。

山居自乐

朝吟暮醉两相宜，花落花开总不知。虚名嚼破无滋味[8]，比闲人惹是非。淡家私付山妻[9]，水碓里舂来米[10]，山庄上线了鸡[11]，事事休提。

注释

1 孙周卿《水仙子》原作六首，今选其中之二。

2 青荧：青色而微弱的灯火。

3 朔风：北风。

4 诗豪：写诗的豪兴。

5 鏖战：激战。

6 缴缠：纠缠。

7 琅然：声音响亮的样子。

8 “虚名”句：意谓看破红尘，了无趣味。

9 淡家私：指家产少，很清贫。山妻：隐士的妻子。晋皇甫谧《高士传·陈仲子》：“楚相敦求，山妻了算，遂嫁云踪，锄丁自窜。”后多用为自称其妻。

10 水碓（duì）：利用水力舂米的器具。来：语气助词。

11 线了鸡：阉了鸡。线，通“骟”，阉割。

赏析与点评

这两首曲子都是描写其隐居生活。孙周卿年轻时也曾为官，终于看破功名归隐乡野，此曲可视为其心曲，暗衬了其人生经历，也表达了其享受隐居生活的安逸与悠闲。

【双调·蟾宫曲】自乐[1]

草团标正对山凹[2]，山竹炊粳，山水煎茶。山芋山薯，山葱山韭，山果山花。山溜响冰敲月牙[3]，扫山云惊散林鸦。山色元佳[4]，山景堪夸。山外晴霞，山下人家。

注释

1 此曲为嵌字体（元曲巧体之一），每句皆嵌一“山”字。

2 草团标：圆形茅屋。

3 山溜：山中溪涧。

4 山色元佳：意谓山色原本就好。元，原本。

赏析与点评

此曲嵌字非常巧妙，组合自然流丽，“山”字的位置也在句中、句首变换，新意迭出而不觉重复，写出曲家爱山乐山之情，实际上也是写山林幽居的闲适之情。

顾德润

人物简介

顾德润，生卒年不详。字君泽，一作均泽，号九山，或作九仙，松江（今上海市松江县）人，曾任杭州路吏，后移平江首领官，与诗人钱惟善等相交好。顾德润曾自刊所著《九山乐府》、《诗隐》二集，售于市肆。其散曲今存小令八首，套数两篇。

【越调·黄蔷薇过庆元贞】御水流红叶[1]

【黄蔷薇】步秋香径晚，怨翠阁衾寒[2]。笑把霜枫叶拣，写罢衷情兴懒。【庆元贞】几年月冷倚阑干，半生花落盼天颜，九重云锁隔巫山[3]。休看作等闲，好去到人间[4]。

注释

1 御水流红叶：据《云溪友议》载，唐宣宗时诗人卢渥从御沟中拾到一片题有一首绝句的红叶，珍藏于家中。后宣宗放宫女外嫁，卢渥娶得一女，正是当年题诗红叶之人，后世即以“红叶题诗”为闺怨的典型。顾德润此曲正是化用这个典故。

2 衾：被子。

3 此三句为鼎足对，隐喻自己多年科场失意，沉沦下僚。

4 此句来源于当年宫女之红叶诗：“流水何太急，深宫尽日闲。殷勤谢红叶，好去到人间。”

赏析与点评

这首带过曲乃是抒发多年科场失意的“衷情”，《黄蔷薇》一曲模拟当年宫女题诗的场景，实际也是自况；《庆元贞》一曲写尽文人失意之情怀，特别是“晚”、“冷”和“锁”三字可谓决绝残酷，包含无限怨恨绝望之情。

【中吕·醉高歌带摊破喜春来】旅中

【醉高歌】长江远映青山，回首难穷望眼，扁舟来往蒹葭岸[1]，人憔悴云林又晚。【摊破喜春来】篱边黄菊经霜暗，囊底青蚨逐日悭[2]。破清思，晚砧鸣[3]，断愁肠，檐马韵[4]，惊客梦。梦晓钟寒，归去难。修一缄[5]，回两字寄平安[6]。

注释

1 蒹葭：芦苇。《诗·秦风·蒹葭》：“蒹葭苍苍，白露为霜。”

2 青蚨：钱的别称，代指铜钱。悭：悭吝。此处指钱越来越少。

3 晚砧：傍晚时的捣衣声。

4 檐马韵：檐间闻铃的响声。马，铁马，即闻铃。

5 修一缄：写一封家书。缄，封口。

6 回两字寄平安：寄两个字的平安家信。意谓除“平安”两字外，更难言其他，有难言之苦。

赏析与点评

这首曲写羁旅之愁苦。羁旅之愁在诗词中表现极多，深层次的往往同人生之感慨结合起来，顾德润此曲即是如此。此曲谱写羁旅，暗衬人生沉沦之哀感，旅中所见同人生所经历的结合起来，情感流丽自然，深沉动人。

曹　德

人物简介

曹德，生卒年不详。字明善，衢州（今浙江省衢州市）人。曾任衢州路吏、山东宪吏等职。性情耿直，伯颜专权之时，许多人无罪被杀，曹德作《清江引》曲以讽，伯颜大怒，下令缉捕，乃南逃吴中僧舍避祸。居数年，伯颜事败，方再入京。钟嗣成《录鬼簿》称其“华丽自然，不在（张）小山之下”。现存小令十八首。

【双调·沉醉东风】隐居

鸱夷革屈沉了伍胥[1]，江鱼腹葬送了三闾[2]。数间谏时，独醒处，岂是遭诛被放招伏？一舸秋风去五湖[3]，也博个名传万古。

注释

1 鸱夷革：皮制的袋子。据《史记·伍子胥列传》载，战国时吴国功臣伍子胥因吴王夫差听信谗言，愤而自杀，夫差乃将其尸体盛于鸱夷革，浮于江中。

2 “江鱼腹”句：指屈原自沉汨罗江事。

3 “一舸秋风去五湖”句：指范蠡助越王句践复国后，激流勇退，隐姓埋名，四海经商之事。

赏析与点评

这是一首自吐心声之曲，曲家借用伍子胥、屈原、范蠡等历史人物不同命运的对比，表明自己乐在隐居的人生志趣。

【中吕·喜春来】和则明韵[1]

春云巧似山翁帽[2]，古柳横为独木桥。风微尘软落红飘，沙岸好，草色上罗袍[3]。

又

春来南国花如绣[4]，雨过西湖水似油[5]。小瀛洲外小红楼，人病酒，料自下帘钩[6]。

注释

1 则明：即曲家任昱，字则明。

2 山翁：晋山涛之子山简，善饮酒，醉后曾倒骑马，倒戴白帽回家。事见《世说新语》。

3 草色上罗袍：指游人的罗袍与青草颜色相近，难分彼此。庾信《哀江南赋》："青袍如草，白马如练。"

4 南国：南方。

5 水似油：形容湖水平滑而有光泽。

6 病酒：饮酒沉醉。料：料想。下帘钩：指放下窗帘，无心观赏春景。

赏析与点评

这是两首唱和曲，原曲皆已不存。这两首曲子主要抒发的还是对春景的沉醉与热爱，也抒发了曲家的悠闲之情。曲语典雅，与诗词接近。

【双调·折桂令】自述

淡生涯却不多争，卖药修琴，负笈担簦[1]。雪岭樵柯[2]，烟村牧笛，月渡渔罾[3]。究生死干忙煞老僧，学飞升空老了先生[4]。我腹膨脝[5]，我貌狰狞，我发鬅鬙[6]。除了衔杯，百拙无能[7]。

注释

1 笈：书箱。簦（dēng）：古代有长柄的笠，类似后世的雨伞。

2 柯：斧子的柄。此处代指樵夫用的斧子。

3 罾（zēng）：一种用竹竿或木棍做支架的方形渔网。

4 先生：道士。这两句是讥刺那些身为僧道而利欲熏心、不能安贫乐道之人。

5 膨脝（hēng）：又作膨亨，腹膨大的样子。韩愈《石鼎联句》诗："龙头缩菌蠢，豕腹胀膨亨。"

6 鬅鬙（péngsēng）：毛发蓬乱的样子。曾巩《看花》诗："但知抖擞红尘去，莫问鬅鬙白发催。"

7 衔杯：饮酒。百拙无能：意谓极其笨拙，百无一能。

赏析与点评

曹德的这首《自述》也是曲家心声之曲，描写了其生活经历和志趣，这段经历可能同他躲避伯颜缉捕时期的生活有关，字里行间也渗透了些许不平之气。

高克礼

人物简介

高克礼，生卒年不详。字敬臣，号秋泉，河间（今河北省河间市）人。至正年间曾官庆元（今浙江庆元县）推官，后归隐。与乔吉、萨都剌等人都有唱和。今存小令四首。

【越调·黄蔷薇过庆元贞】[1]

【黄蔷薇】燕燕别无甚孝顺[2]，哥哥行在意殷勤[3]。玉纳子藤箱儿问肯[4]，便待要锦帐罗帏就亲。【庆元贞】唬得我惊急列蓦出卧房门[5]，他措支刺扯住我皂腰裙[6]，我软兀刺好话儿倒温存[7]。一来怕夫人情性哏[8]，二来怕误妾百年身。

天宝遗事

【黄蔷薇】又不曾看生见长，便这般割肚牵肠。唤奶奶酪子里赐赏[9]，撮醋醋孩儿弄璋[10]。【庆元贞】断送得他萧萧鞍马出咸阳[11]，只因他重重恩爱在昭阳[12]，引惹得纷纷戈戟闹渔阳[13]。哎，三郎，睡海棠[14]，都则为一曲舞霓裳[15]。

注释

1 元关汉卿有杂剧《诈妮子》杂剧，讲述婢女燕燕为贵家公子小千户诱奸，最终被纳为小妾。本曲即节选其中片段，小千户硬要参观燕燕的闺房，燕燕拗不过只好领其前往，小千户随即千般引诱燕燕，燕燕巧言婉拒。

2 **孝顺**：孝敬、侍候。

3 **哥哥行**：犹言哥哥那边。

4 **玉纳子**：用来装饰箱子的玉制小配件。**问肯**：古代男子求婚的礼节，即六礼中的第一礼——纳采。

5 **惊急列**：金元口语，惊慌、急忙。**蓦**：突然。

6 **措支刺**：金元口语，慌忙。**皂**：黑色。

7 **软兀刺**：金元口语，温柔的。

8 **哏**：同“狠”。

9 **奶奶**：宫中嬷嬷。**酪子里**：暗地里。

10 **撮**：借作“促”，催促。**醋醋**：宋元时对使女的称呼。**弄璋**：《诗经·小雅·斯干》：“乃生男子，载寝之床，载衣之裳，载弄之璋。”后以弄璋指生男孩。

11 **萧萧鞍马**：指玄宗出逃长安的马。**咸阳**：代指长安。

12 **昭阳**：昭阳殿，汉后宫赵飞燕所居，代指贵妃住所。

13 **渔阳**：郡名，在今河北蓟县一带，安禄山在此起兵叛唐。

14 **三郎**：玄宗小名。**睡海棠**：《杨贵妃外传》载，玄宗曾赞杨贵妃醉容为“海棠睡未足”。

15 霓裳：指《霓裳羽衣舞》，唐代著名的舞曲，据传杨贵妃善舞此曲。

赏析与点评

这两首带过曲一咏时事，一咏史。前一首吟咏燕燕与小千户之事，曲家抓住小千户在闺房求亲时的前后状况，突出动作描写，衬以当时俗语，将燕燕的内心活动表现得极为充分，艺术效果极佳。后一首吟咏天宝遗事，大量运用当时口语，将唐玄宗、杨贵妃和安禄山三者关系表现得颇为谐趣，调笑中也对玄宗暗寓讥嘲。

王　晔

人物简介

王晔（yè），生卒年不详。字日华，一作日新，号南斋，杭州人。约生活于元代中后期。与钟嗣成交好，钟氏在《录鬼簿》称他“体丰肥而善滑稽，能词章乐府，临风对月之际，所制工巧”。其剧作有《桃花女》、《卧龙岗》、《双卖华》三种，《桃花女》今存，其他均亡佚。今存小令十六首。王晔曾与朱凯合题双渐苏卿问答，颇有滑稽趣味，为时人激赏。

【双调·折桂令】 问苏卿[1]

俏排场惯战曾经，自古惺惺[2]，爱惜惺惺。燕友莺朋，花阴柳影，海誓山盟。哪一个坚心志诚？哪一个薄幸杂情？则问苏卿，是爱冯魁[3]，是爱双生？

答

平生恨落风尘，虚度年华，减尽精神。月枕云窗，锦衾绣褥，柳户花门[4]。一个将百十引江茶问肯[5]，一个将数十联诗句求亲。心事纷纭：待嫁了茶商，怕误了诗人。

【双调·殿前欢】 再问

小苏卿：言词道得不实诚。江茶诗句相兼并，那件著情，休胡芦提二四应[6]，相傒幸[7]。端的接谁红定[8]？休教勘问[9]，便索招承。

答

满怀冤，被冯魁掩扑了丽春园[10]，江茶万引谁情愿？听妾明言。多情小解元，休埋怨。俺违不过亲娘面。一时间不是，误走上茶船。

注释

1 苏卿：即双渐、苏卿故事中的女主角。双渐、苏卿故事宋元间流传颇广，许多曲家均有吟咏。（参见前关汉卿《双调·大德歌·双渐苏卿》注释1）

2 惺惺：指聪慧的人。

3 冯魁：茶商，暗中施计从苏卿母亲手上买得苏卿，拆散了双渐与苏卿。

4 柳户花门：指苏卿的妓女出身。

5 引：指商人运销货物的凭证，亦指所规定的重量单位，元代有茶引、盐引等。

6 胡芦提：指糊里糊涂。二四应：指模棱两可。

7 傒幸：戏弄（人）。

8 端的：究竟，真实。红定：订婚时，男方送给女方的聘礼。

9 勘问：盘问、审问。

10 掩扑：乘人不备而袭击。

赏析与点评

此两曲乃敷衍双渐、苏卿而成，曲家借双渐问、苏卿答的模式简要勾勒了二人现今的困难处境，一方面双渐痴情不改，故而苦苦追问苏卿的选择；另一方面是苏母已经将苏卿暗地里卖与了茶商，苏卿向双渐表明自己的处境和解释造成这种境况的原因。

王仲元

人物简介

王仲元，生卒年不详，杭州人。与钟嗣成交厚。作有杂剧三种，均佚。散曲今存小令二十一首，套数四篇。

【中吕·普天乐】春日多雨

无一日惠风和[1]，常四野彤云布[2]。那里肯妆金点翠[3]，只待要迸玉筛珠[4]。这其间湖景阴，恰便似江天暮。冷清清孤山路[5]，六桥迷雪压模糊[6]。瞥见游春杜甫，只疑是寻梅浩然[7]，莫不是相访林逋[8]。

注释

1 惠风：和风。

2 彤云：阴云。

3 妆金点翠：形容晴日日光照耀云彩的情形。

4 迸玉筛珠：形容雨很大，如玉珠般下落。

5 孤山：西湖著名景点，林和靖曾隐居于此。

6 六桥：西湖上映波、锁澜、望山、压堤、东浦、跨虹六座桥。

7 浩然：唐代诗人孟浩然，曾踏雪寻梅。

8 林逋：宋代诗人，曾隐居西湖孤山，以种梅养鹤自娱，人称其“梅妻鹤子”。

赏析与点评

这首曲描写杭州春日下雨之景，将雨前、雨后之景描摹得非常详尽，曲语中又多用三字结构起句，节奏铿然，适合吟唱，与传统诗词风味迥然不同。

吕止庵

人物简介

吕止庵，生平不详。别有吕止轩，疑即一人。今存散曲小令三十三首，套数四篇。

【仙吕·后庭花】

风满紫貂裘[1]，霜合白玉楼[2]。锦帐羊羔酒[3]，山阴雪夜舟[4]。党家侯，一般乘兴，亏他王子猷[5]。

注释

1 紫貂裘：用紫貂皮做成的大衣，形容极其名贵。

2 白玉楼：白玉砌成的楼房，形容居室豪奢。

3 “锦帐”句：这里用党进雪夜饮羊羔酒的典故。羊羔酒，酒名。《事物绀珠》云：“羊羔酒出汾阳，色白莹，饶风味。”据《本草纲目》载宋代有羊羔酒方，用糯米、肥羊肉等酿成。明陈继儒《辟寒部》载：宋陶谷妾，本富人党进家姬，一日下雪，陶谷命取雪水煎茶，问之曰：“党家有此景？”对曰：“彼粗人，安识此景？但能知销金帐下，浅斟低唱，饮羊羔美酒耳。”后因以“党家”比喻粗俗的富豪人家。

4 “山阴”句：《晋书·王徽之传》载，“（王徽之）尝居山阴，夜雪初霁，月色清朗，四望皓然……忽忆戴逵，逵时在剡，便夜乘小船诣之，经宿方至，造门不前而返。人问其故，徽之曰：‘本乘兴而来，兴尽而返，何必见安道耶？’”

5 王子猷（yóu）：即王徽之。

赏析与点评

这一首曲饶有趣味，乃吟咏宋初名将党进之事。党进豪奢，喜欢在红炉暖帐中饮羊羔酒，曲家述其事，并将之与王子猷雪夜访戴作对比，指出其尊贵如此，也不比文士之高雅脱俗。全曲大量铺陈党家的豪富，只为烘托结句，写法巧妙。

【仙吕·醉扶归】[1]

瘦后因他瘦，愁后为他愁。早知伊家不应口[2]，谁肯先成就[3]。营勾了人也罢手[4]，吃得我些酪子里骂低低的呪[5]。

又

频去教人讲，不去自家忙[6]。若得相思海上方[7]，不道得害这些闲魔障[8]。你笑我眠思梦想，只不打到你头直上[9]。

注释

1 吕止庵《醉扶归》凡三首，此选其中两首。

2 “早知”句：指男方家长不同意他们的婚事。

3 成就：指两人合好，私定终身。

4 营勾：谎骗，勾引。

5 酪子里：暗地里。

6 “频去”两句：是说经常到男方家里去，害怕别人说闲话；但不去自己心中又不踏实。

7 相思海上方：指治疗相思病的灵丹妙药。据传秦始皇曾派方士到海外求长生不死之药，故云海上方。

8 闲魔障：指相思病。魔障，佛家语，恶魔所设的障碍。借指波折、病痛、灾难等。

9 打到：宋元俗语，碰到。头直上：即头上。直上，上面。

赏析与点评

这两首曲子都是相思题材，借闺中女子的抱怨和相思，写她们的离愁别恨，运用大量俗语入曲，将陷入情感漩涡的女子写得活灵活现，真挚动人。

真　真

人物简介

真真，建宁（今福建省建宁县）人，生平不详。宋儒真德秀后裔，沦为歌伎，姚燧为之脱籍。散曲今存小令一首。

【仙吕·解三酲】

奴本是明珠擎掌[1]，怎生的流落平康[2]？对人前乔作娇模样[3]，背地里泪千行。三春南国怜飘荡[4]，一事东风没主张[5]。添悲怆。那里有珍珠十斛，来赎云娘[6]。

注释

1 明珠擎掌：指自己本是父母的掌上明珠。

2 平康：唐代长安平康坊，为妓女聚居之地。后用来代指妓院。

3 乔：假装。

4 “三春”句：指命运有如江南春天的飘絮，不能自主。

5 主张：主宰。

6 云娘：唐有歌伎名崔云娘。这里乃自指。

赏析与点评

此曲乃是真真自述，讲述了自己悲惨无望的命运，感情真挚悲切。全曲巧用对比，以自己前后命运对比、人前人后对比，鲜明而有力，读来字字血泪，令人为之悲怆难忍。

查得卿

人物简介

查得卿，生平、仕履与籍里均不详。约为元代后期人。长于散曲创作，今存小令二十三首。明朱权《太和正音谱》将之列为“词林英杰”之一。

【仙吕·寄生草】感叹

姜太公贱卖了磻溪岸[1]，韩元帅命博得拜将坛[2]。羡傅说守定岩前版[3]，叹灵辄吃了桑间饭[4]，劝豫让吐出喉中炭[5]。如今凌烟阁一层一个鬼门关[6]，长安道一步一个连云栈[7]。

注释

1 姜太公：即吕尚。磻溪：一名璜河，在陕西宝鸡县东南。相传溪上有兹泉，为姜太公垂钓遇文王处。

2 韩元帅：即韩信。命博得：用生命换取得。

3 傅说（yuè）：傅说隐居傅岩（今山西平陆）时，曾为人版筑。后商王武丁梦得贤臣，即傅说，举以为相。版，筑墙用的夹板。

4 灵辄：春秋时晋人。据《左传·宣公二年》载：晋灵公的大夫赵宣子曾于首阳山打猎，在桑阴中休息，看到饿人灵辄，便拿饭给他吃，并给了他母亲饭和肉。后晋灵公想刺杀宣子，派灵辄作伏兵，他却倒戈相救，以报一饭之恩。

5 豫让：战国晋人。据《史记·刺客列传》载：豫让为晋国大夫智伯家臣，备受尊宠。后智伯为赵襄子所灭，他便“漆身为癞，吞炭为哑”，埋伏桥下，企图行刺赵襄子，为智伯报仇。后为赵襄子所捕，临死时求得赵襄子衣服拔剑击之，以示为主报仇，然后伏剑自杀。

6 凌烟阁：唐太宗图画功臣的殿阁。此借指高官显位。

7 长安道：指仕途。连云栈：本指高入云霄的栈道。此喻仕途的凶险。

赏析与点评

这首曲乃咏史名曲，曲家列举了五个著名历史人物的典故，再加以评述，如评价姜太公用了“贱卖”，韩信乃以命博得等，大唱反调，对历史上热衷功名者泼上一盆冷水，也表明了曲家对功名利禄的批判与否定。曲语满含嘲讽，感情激愤，正是对现实世界的强烈愤慨。

【越调·柳营曲】金陵故址[1]

临故国，认残碑。伤心六朝如逝水[2]。物换星移[3]，城是人非[4]，今古一枰棋[5]。南柯梦一觉初回[6]，北邙坟三尺荒堆[7]。四围山护绕，几处树高低。谁曾赋黍离离[8]。

注释

1 金陵：即南京，曾为六朝古都，兴废陈迹甚多。

2 六朝：指三国的吴、东晋，南朝的宋、齐、梁、陈。它们都建都在金陵。

3 物换星移：万物变化，星辰运行，比喻光阴流逝。王勃《滕王阁诗》：“物换星移几度秋。”

4 城是人非：意谓城郭犹是，人民已非，世界变化很快。用丁令威典故。

5 今古一枰棋：古今成败，不过如同一局棋罢了。枰，棋盘。

6 南柯梦：唐李公佐《南柯记》传奇说书生淳于棼梦至槐安国，国王招为驸马，并任命他做南柯太守，享尽了荣华富贵，醒来才知道是一场大梦。

7 北邙坟：因为东汉及魏的王侯公卿多葬于洛阳市北的邙山，后用以泛指墓地。

8 黍离离：《诗经·王风·黍离》：“彼黍离离，彼稷之穗。行迈靡靡，中心如醉。”据说这是东周的大夫看到故国宗庙，已尽变为禾黍之地，徘徊感叹，而作是诗。后世用来代指故国之悲。

赏析与点评

此曲乃怀古名作。传统诗词中怀古之作颇为兴盛，六朝题材更是层出不穷，大多着眼于六朝荒淫亡国的教训，此曲则在追怀前代之际，将六朝的历史兴废比作一局棋、一场梦，充满了空幻感，这是一种哲学上的提升，在曲作中尤为难得。

【仙吕·一半儿】拟美人八咏[1]

春妆

自将杨柳品题人[2]，笑捻花枝比较春[3]。输与海棠三四分。再偷匀，一半儿胭脂一半儿粉。

春醉

海棠红晕润初妍，杨柳纤腰舞自偏。笑倚玉奴娇欲眠[4]。粉郎前[5]，一半儿支吾一半儿软[6]。

注释

1 查得卿小令《一半儿》“拟美人八咏”凡八首，此选其中之二。

2 品题：评论，定其高下。

3 捻：同“拈”。比较春：与春比较。

4 玉奴：此指侍女。

5 粉郎：三国时何晏，容貌娇美，面如傅粉，人称“粉郎”。后用来指心仪之情郎。

6 支吾：勉强支持。

赏析与点评

查得卿这几首《一半儿》都是描写闺中情态。曲家通过一系列动作与情态描写展现女子的内心活动，如《春妆》写女子梳妆与海棠相比较，颜色不及海棠红润，其潜台词即是内心有愁，才致容颜憔悴输与了海棠，故而偷抹几分胭脂以遮掩之。巧妙地表现了少女内心世界。

【中吕·普天乐】别情[1]

鹧鸪词，鸳鸯帕[2]。青楼梦断，锦字书乏[3]。后会绝，前盟罢。淡月香风秋千下，倚阑干人比梨花。如今那里？依栖何处，流落谁家？

注释

1 查得卿《普天乐》以“别情”为题者凡二首，今选其中之一。

2 鹧鸪词：按照《鹧鸪天》或《瑞鹧鸪》词牌填写的词。鸳鸯帕：绣有鸳鸯的罗帕。

3 青楼：妓院。锦字书：指书信。前秦才女苏惠作织锦，上写回文诗，寄给远方的丈夫窦滔。故后世多以锦书代指寄给丈夫或情人的书信。

赏析与点评

这是一首离别怀人之曲。曲家以青楼歌伎的口吻展现其离愁别情，全曲在现实、怀念之中交叉，将女子的念人之情写得十分辗转缠绵。

【越调·柳营曲】江上

烟艇闲[1]，雨蓑干[2]，渔翁醉醒江上晚。啼鸟关关[3]，流水潺潺，乐似富春山[4]。声柔橹江湾，一钩香饵波寒。回头贪兔魄[5]，失意放渔竿。看，流下蓼花滩[6]。

注释

1 艇：轻便小船。

2 蓑：草编的蓑衣。

3 关关：拟声词，鸟鸣的声音。

4 富春山：山名，又名严陵山，在今浙江桐庐县西。东汉会稽人严光，字子陵，不受光武帝刘秀征召，曾隐居富春山，上有其钓台。

5 兔魄：月亮的别称。

6 蓼：一种生长在水边的水草，花小如穗，白色或红色。

赏析与点评

这首曲实际上乃是一首歌咏隐居之曲。曲中的渔夫就是一位隐士，他乐居江上，与大自然为友，还因为贪看月光，失手掉落了鱼竿，可谓是潇洒闲适至极。这种生活正是当时文人士大夫心中无限向往的。

吴西逸

人物简介

吴西逸，生平、籍里均不详。与阿里西瑛、贯云石等有唱和，约延佑末前后在世。今存小令四十七首。

【双调·蟾宫曲】怀古[1]

问从来谁是英雄，一个农夫[2]，一个渔翁[3]。晦迹南阳[4]，栖身东海[5]，一举成功。八阵图名成卧龙[6]，六韬书功在飞熊[7]。霸业成空，遗恨无穷。蜀道寒云，渭水秋风[8]。

注释

1 此曲另一说为查得卿所作。

2 一个农夫：指诸葛亮。诸葛亮曾经“躬耕南阳”，故云。

3 一个渔翁：指姜太公，他曾经钓于渭水，故云。

4 晦迹：使自己的踪迹隐晦，即隐居。南阳：古南阳郡，今属湖北襄阳，诸葛亮曾隐居的地方。

5 栖身东海：指姜太公隐居在东海。《史记·齐太公世家》云：“吕尚处士，隐海滨。”

6 八阵图：传说诸葛亮善摆八卦阵。

7 六韬书：即《六韬》，相传为姜太公所著的一部兵书。飞熊：姜太公道号飞熊，周文王梦见虎生双翼，来至殿下，后果访求得姜太公。

8 渭水秋风：化用贾岛《忆江上吴处士》诗：“秋风生渭水，落叶满长安。”

赏析与点评

这是一首咏史怀古之曲。姜太公、诸葛亮都是辅助名君成就霸业、标榜青史的贤相名臣，而今他们的英雄事迹和成就的王霸之业也随风而逝，唯余秋风寒云，不由得让人感慨丛生。这种结体于空，借景写意的手法在传统诗词中较为多见，而在曲中则较为难得。

【双调·清江引】秋居

白雁乱飞秋似雪[1]，清露生凉夜。扫却石边云[2]，醉踏松根月[3]，星斗满天人睡也。

注释

1 白雁：白色的雁。乱飞秋似雪：雁群很多，把天空都染白了，如同下雪一般。

2 石边云：石头边上的云彩，形容云雾缭绕的高山。

3 松根月：照在松根的月光。

赏析与点评

这首《秋居》描写隐士的生活。曲中隐士潇洒闲逸，随意拂去石头上缭绕的云朵，趔趄地踏散了松树根边上的月光，旷达雅洁到了极致，读来让人神清气爽。

【双调·殿前欢】[1]

懒云窝，懒云堆里即无何[2]。半间茅屋容高卧，往事南柯[3]。红尘自网罗，白日闲酬和[4]，青眼偏空阔[5]。风波远我[6]，我远风波。

又

懒云巢，碧天无际雁行高。玉萧鹤背青松道，乐笑游遨。溪翁解冷淡嘲，山鬼放揶揄笑[7]，村妇唱糊涂调。风涛险我，我险风涛。

注释

1 吴西逸《殿前欢》凡六首，今选其中之二。阿里西瑛在苏州有居所号懒云窝，曾作《殿前欢》自述，贯云石、乔吉和吴西逸均有和作。选曲即是。

2 无何：即平安无事。

3 南柯：指南柯一梦。参见关汉卿《双调·蟾宫曲·叹世》注释4。

4 酬和：唱酬，酬对。

5 青眼：黑色眼珠在眼眶中间，以青眼看人表示对人的尊重，与“白眼”相对。

6 风波：喻官场及人世隐藏的凶险，与后一支《殿前欢》的“风涛”意思相同。

7 “山鬼”句：据《晋阳秋》载：“首旦出门，于中途逢一鬼，大见揶揄，云：“我只见汝送人作郡，何以不见人送汝作郡？””揶揄：戏弄、嘲笑。

赏析与点评

这两首曲子皆是唱和之曲，表现了阿里西瑛安贫乐道、安逸闲适的隐居生活。从红尘、风波、风涛等句看来，阿里西瑛应是从官场退隐，两曲盛赞其及时身退，得脱红尘，得远风波，得享清闲的选择，实际上也是其内心的自白，远离红尘是非，挣破名缰利锁，方能乐享自由。

【双调·蟾宫曲】纪旧

折花枝寄与多情[1]，唤起真真[2]，留恋卿卿[3]。隐约眉峰[4]，依稀雾鬓[5]，彷佛银屏[6]。曾话旧花边月影，共衔杯扇底歌声[7]。款款深盟[8]，无限思量，笑语盈盈[9]。

注释

1 “折花枝”句：《太平御览》引《荆州记》云：“陆凯与范晔相善，自江南寄梅花一枝，诣长安与晔，与赠以诗曰：‘折花逢驿使，寄与陇头人。江南无所有，聊赠一枝春。’”

2 唤起真真：真真，美人名。《太平广记》二八六卷引《闻奇录》云：“唐进士赵颜于画工处得一软障，图一妇人甚丽。颜谓画工曰：‘世无其人也。如可令生，余愿纳为妻。’画工曰：‘余神画也。此亦有名，曰真真。呼其名百日，昼夜不歇，即必应之。应，即以百家彩灰酒灌之，必活。’颜如其言，遂呼之百日，尽夜不止。乃应曰‘诺’。急以百家彩灰酒灌之，遂呼之活。下步言笑，饮食如常。曰：‘谢君召妾，妾愿侍箕帚。’终岁，生一儿。年二岁，友人曰：‘此妖也，必与君为患。余有神剑可斩之。’其夕遗颜剑。剑才及颜室，真真乃泣曰：‘妾南岳地仙也。无何为人画妾之形，君又呼妾之名。既不夺君愿。今君疑妾，妾不可住。’言讫，携其子，却上软障，呕出先所饮百家彩灰酒。睹其障，惟添一孩子。皆是画焉。”

3 卿卿：夫妻情人间的亲昵称呼。

4 眉峰：古人常把美女的眉比作山，所以眉端叫“眉峰”。

5 雾鬓：形容妇女头发蓬松。

6 银屏：华丽的屏风。

7 扇底歌声：古代歌女常在舞扇遮掩下唱歌。晏几道《鹧鸪天》："舞低杨柳楼心月，歌尽桃花扇底风。"

8 款款：忠实、诚恳的样子。司马迁《报任安书》："诚欲效其款款之愚。"

9 盈盈：仪态优美的样子。辛弃疾《青玉案·元夕》："蛾儿雪柳黄金缕，笑语盈盈暗香去。"

赏析与点评

这是一首怀人之曲，所怀之人似乎是一位歌女，曲家深情回忆了两人过去的美好时光，曲语典雅秀丽，巧用叠词，朗朗上口，风味已与词相近。

【越调·天净沙】闲题

楚云飞满长空[1]，湘江不断流东，何事离多恨冗[2]？夕阳低送，小楼数点残鸿[3]。

又

数声短笛沧州[4]，半江远水孤舟，愁更浓如病酒[5]。夕阳时候，断肠人倚西楼。

又

江亭远树残霞，淡烟芳草平沙，绿柳阴中系马。夕阳西下，水村山郭人家[6]。

注释

1 楚云：楚国之云，这里泛指南方的云。

2 冗：繁多。

3 残鸿：指在夕阳中渐渐远逝而残剩的雁影。

4 沧州：水中小洲，多代指隐居地。

5 病酒：饮酒沉醉。

6 山郭：山外的城郭。

赏析与点评

吴西逸《天净沙·闲题》共四首，主要描写羁旅思乡之愁。从所选三首可以看出，受马致远及白朴《天净沙》影响颇大，通过意象并置手法，组合景物以显层次推进主题，风格恬淡悠远。

赵显宏

人物简介

赵显宏，号学村。生平不详。散曲今存小令二十一首，套数两篇。

【黄钟·刮地风】别思

春日凝妆上翠楼[1]，满目离愁。悔教夫婿觅封侯，蹙损眉头[2]。园林春到，物华依旧。并枕双歌，几时能够。团圆日是有，相思病怎休。都道我减了风流[3]。

注释

1 “春日”句及后文的“悔教”句都直接取自王昌龄《闺怨》诗：“闺中少妇不知愁，春日凝妆上翠楼。忽见陌头杨柳色，悔教夫婿觅封侯。”凝妆，盛装，严妆。

2 蹙损眉头：是说因常皱眉头而使眉头受损。

3 风流：美好的仪态。

赏析与点评

此曲写离愁别恨。这种题材在传统诗词中极为常见，本曲直接化用了王昌龄的《闺怨》，可见渊源。惟传统诗词较为含蓄，讲求韵外有致，此曲则比较直露，少妇心事全盘托出，这也是曲与诗词的区别。

【中吕·满庭芳】樵[1]

腰间斧柯[2]，观棋曾朽[3]，修月曾磨[4]。不将连理枝梢锉[5]，无缺钢多。不饶过猿枝鹤窠，惯立尽石涧泥坡。还参破[6]，名缰利锁[7]，云外放怀歌。

注释

1 赵显宏《满庭芳》曲分别以渔、樵、耕、牧为题，共四首，此选其一。

2 柯：斧柄。

3 观棋曾朽：晋虞喜《志林》载，王质入山伐木，遇见两童子弈棋，驻足观看，多时之后童子提醒他该回家了，回头一看，斧柄已经朽烂。

4 修月：据唐段成式《酉阳杂俎》载，传说月亮乃七宝合成，天帝安排了八万二千户常以斧凿修。

5 连理枝：两树枝干合生在一起，又称相思树，比喻男女感情恩爱。锉：指折伤。

6 参破：看破、悟透。

7 缰：缰绳。锁：枷锁。指受名利的牵绊、束缚。

赏析与点评

这首曲描摹了一个超凡脱俗的世外高人形象。开篇连用两典写出樵夫的不同凡俗，中间描写樵夫的品德与生活，他保护世间的爱情，履险地如平常，不仅如此，更重要的是他在精神上超脱世俗的羁绊，蔑视名利，乐享逍遥。

朱庭玉

人物简介

朱庭玉，“庭”或作“廷”，生平不详。散曲今存小令四首，套数二十二篇。

【越调·天净沙】

秋[1]

庭前落尽梧桐，水边开彻芙蓉[2]，解与诗人意同[3]。辞柯霜叶[4]，飞来就我题红[5]。

冬

门前六出狂飞[6]，樽前万事休提。为问东君信息[7]，急教人探。小梅江上先知[8]。

注释

1 朱庭玉《天净沙》共四首，分别以春、夏、秋、冬为题，今选其中之二。

2 芙蓉：荷花的别名。

3 解：明白。

4 辞柯：（枫叶）辞别树枝，意即从枝上飘落。霜叶：枫叶。

5 就：靠近。题红：用红叶题诗的典故。参见顾德润《越调·黄蔷薇过庆元贞·御水流红叶》注释1。

6 六出：因雪花六角，故以六出代指雪花。

7 东君：春天。

8 小梅江上先知：指梅花率先在江边开放，以报春信。

赏析与点评

朱庭玉四首《天净沙》分咏四时，但不限于咏时令，而是将时令之景物与曲家之诗兴结合起来写，景与情俱，形成新的意境。如第三首《秋》借红叶题诗典故敷衍而来，又结合秋景，写红叶与曲家知心，惟“解”意才能“辞”别树枝后“就”曲家而成咏，非常贴切自然。

李伯瑜

人物简介

李伯瑜，生平不详。元初王鹗序姬志真《云山集》有云：“庚戌（一二五〇）夏五月，与友人李伯瑜相会。话旧之余，李出《知常先生文集》一编，将以版行垂世。”可知李伯瑜为金末元初人。明朱权《太和正音谱》将其列为“词林英杰”之一。今存小令一支。

【越调·小桃红】磕瓜[1]

木胎毡观要柔和，用最软的皮儿裹。手内无他煞难过[2]，得来呵，普天下好净也应难躲[3]。兀的般砌末[4]，守着个粉脸儿色末[5]，浑广笑声多。

注释

1 磕瓜是古代杂剧中打诨所用的道具，也叫皮棒槌。宋金杂剧表演的角色主要为副净、末，副净插科，副末打诨。

2 煞：忒，特别。

3 "普天下"句：因副净插科时，副末每以磕瓜轻击副净，故云"难躲"。

4 兀的：这，如此。砌末：相当于今人所谓的道具。

5 "守着个"句：是说副末始终拿着磕瓜。

赏析与点评

这首曲对于我们了解金元时期杂剧演出时磕瓜的制作与功用极为有益。前两句写磕瓜的制作，其后描写磕瓜在演出时的使用以及效果。曲词简洁明了，叙述生动活泼，幽默有趣。

李德载

人物简介

李德载，生平不详。散曲今存小令十首，均咏茶事。

【中吕·阳春曲】赠茶肆[1]

茶烟一缕轻轻飏，搅动兰膏四座香[2]。烹煎妙手赛维扬[3]。非是谎[4]，下马试来尝！

又

金芽嫩采枝头露，雪乳香浮塞上酥。我家奇品世间无。君听取，声价彻皇都[5]。

注释

1 李德载的《阳春曲》共十首，此选其中之二。

2 兰膏：指兰膏茶。元代忽思慧《饮膳正要》："兰膏、玉磨末茶三匙头，面酥油同搅成膏，沸扬点之。"其加工方法与近代酥油茶类似。

3 维扬：即扬州。扬州烹饪非常有名，故云。

4 谎：胡说、瞎说。

5 彻：满，遍。

赏析与点评

李德载《阳春曲》共十首，都以卖茶人的口吻吟唱，此选二首，一赞茶香，一赞茶品质上乘，声闻天下。这也是早期的广告语，语词较为生动活泼。

程景初

人物简介

程景初，生平不详。散曲今存小令、套数各一首。

【正宫·醉太平】

恨绵绵深宫怨女[1]，情默默梦断羊车[2]，冷清清长门寂寞长青芜[3]，日迟迟春风院宇[4]。泪漫漫介破琅玕玉[5]，闷淹淹散心出户闲凝伫[6]，昏惨惨晚烟妆点雪模糊，淅零零洒梨花暮雨[7]。

注释

1 绵绵：悠长的样子。

2 羊车：羊拉之车。相传晋武帝好色，常随羊车所止而定临幸之所。

3 长门：汉代宫名。汉武帝时陈皇后失宠后幽居于此。芜：杂草。

4 迟迟：缓慢悠长的样子。

5 介破：隔开。琅玕玉：竹的美称。宋郑獬《咏竹寄元忠》：“丹凤何时来？瘦损琅玕玉。”

6 凝伫：伫立凝望。

赏析与点评

这首曲写宫怨，全曲采用赋体手法，铺排各种宫怨，极力描摹了“怨”的广度和深度，与闺怨词较为相近。

杜遵礼

人物简介

杜遵礼，生平不详。今存小令一首。

【仙吕·醉中天】佳人脸上黑痣

好似杨妃在，逃脱马嵬灾[1]。曾向宫中捧砚台，堪伴诗书客。叵耐无情的李白，醉拈斑管，洒松烟点破桃腮[2]。

注释

1 “好似”两句：因杨贵妃在安史之乱中被赐死于马嵬驿，故此云好似“逃脱马嵬灾”。

2 “叵耐”以下三句：唐玄宗时，李白曾奉召侍宴，即席立赋《清平调》三章。叵耐，怎奈。斑管，指毛笔。松烟，墨多由松烟制成，故此以松烟指代墨。

赏析与点评

这首曲以“佳人脸上黑痣”为题，构思精巧，又假想乃李白醉后涂鸦所致，想象出奇大胆，曲语轻松，调侃意味颇浓，正是曲贵“尖新”的体现。

李致远

人物简介

李致远，字君深，生平不详。至元间曾居江苏溧阳。散曲今存小令二十六首，套数四篇。

【中吕·红绣鞋】晚秋

梦断陈王罗袜[1]，情伤学士琵琶[2]，又见西风换年华[3]。

数杯添泪酒[4]，几点送秋花。行人天一涯。

注释

1 陈王：陈思王曹植。罗袜：语出曹植《洛神赋》："凌波微步，罗袜生尘。动无常则，若危若安。进止难期，若往若还。"

2 学士：指翰林学士白居易，白居易长诗《琵琶行》有"座中泣下谁最多，江州司马青衫湿"，故曲中云"情伤学士琵琶"。

3 "又见"句：化用秦观《望海潮》词，秦词有："梅英疏淡，冰澌溶泄，东风暗换年华。"

4 数杯添泪酒：范仲淹《苏幕遮》："酒入愁肠，化作相思泪。"又《御街行》："酒未到，先成泪。"故云。

赏析与点评

李致远这首《红绣鞋》写晚秋愁思，描写送别时的离愁，全曲写离别而无一"离"字，纯以典故、意象出之，含蓄蕴藉，风味已与小词略同。

【越调·天净沙】离愁

敲风修竹珊珊[1]，润花小雨斑斑，有恨心情懒懒。一声长叹，临鸾不画眉山[2]。

注释

1 敲风修竹：意为风吹动竹子。此句化自苏轼《贺新郎》词：“帘外谁来推绣户，枉教人梦断瑶台曲，又却是风敲竹。”珊珊：象声词，本形容衣裙玉佩之声，此处形容风吹竹子之声。

2 临鸾：照镜。鸾，铸有鸾凤图案的铜镜。眉山：指女子的眉毛。

赏析与点评

这是一首闺怨之曲，开篇一组鼎足对铺垫闺中女子的离愁别恨，叠词的运用加深了这种愁意。曲语典雅，与小词相近。

张鸣善

人物简介

张鸣善，生卒年不详，名择，号顽老子，平阳（今山西临汾）人。后迁居湖南，流寓扬州。官宣慰司令史。元灭后称病辞官，隐居吴江。有《英华集》（今已佚），《太和正音谱》称其曲“藻思富赡，烂芳春葩，诚一代之作手”。现存小令十三首，套数两篇。

【中吕·普天乐】嘲西席[1]

讲诗书，习功课。爷娘行孝顺[2]，兄弟行谦和。为臣要尽忠，与朋友休言过[3]。养性终朝端然坐，免教人笑俺风魔[4]。先生道『学生琢磨』，学生道『先生絮聒』[5]，馆东道『不识字由他』[6]。

注释

1 西席：古人席次尚右，右为宾师之位。后尊称授业之师为“西席”。

2 行：宋元俗语，这里、这边之意。

3 过：指过失。

4 风魔：指举止轻浮。

5 絮聒：唠叨、吵闹。

6 馆东：指主人、东家。不识字由他：谓不必严加管教。

赏析与点评

蒙元时期读书人地位颇低，张鸣善的这首《普天乐》以戏谑的口吻描摹了当时落魄知识分子的形象，巧妙嵌入对话，生动活泼有趣。

【中吕·普天乐】咏世

洛阳花[1]，梁园月[2]。好花须买，皓月须赊。花倚阑干看烂漫开，月曾把酒问团圆夜[3]。月有盈亏，花有开谢，想人生最苦离别。花谢了三春近也[4]，月缺了中秋到也，人去了何日来也？

又

雨才收，花初谢。茶温凤髓[5]，香冷鸡舌[6]。半帘杨柳风，一枕梨花月，几度凝眸登台榭。望长安不见些些[7]，知他是醒也醉也，贫也富也，有也无也。

又

雨儿飘，风儿飏[8]。风吹回好梦，雨滴损柔肠。风萧萧梧叶中，雨点点芭蕉上。风雨相留添悲怆，风和雨卷起凄凉。风雨儿怎当[9]？风雨儿定当，风雨儿难当。

注释

1 洛阳花：指牡丹花。宋欧阳修曾作《洛阳牡丹记》，称洛阳牡丹冠绝天下。

2 梁园：西汉时梁孝王刘武尝于大梁（今河南开封市）筑兔园以招揽宾客，相与游乐其中，世称梁园。当时聚集在他周围的著名文人有枚乘、司马相如、邹阳等人。关汉卿《南吕·一枝花》（不伏老）套：“我玩的是梁园月，饮的是东京酒，赏的是洛阳花，攀的是章台柳。”

3 此句源于苏轼《水调歌头》：“人有悲欢离合，月有阴晴圆缺，此事古难全。”

4 三春：此指季春，春季最末一月。

5 凤髓：茶名。元杨允孚《滦京杂咏》：“嘉鱼贡自黑龙江，西域蒲萄酒更良，南土至奇夸凤髓，北陲异品是黄羊。”自注：“凤髓，茶名。”

6 鸡舌：鸡舌香，即丁香。《齐民要术》云：“鸡舌香，世以其似丁子，故一名丁子香。”

7 些些：一点儿。

8 飏：同“扬”，吹动。

9 怎当：怎么禁受得住。当，抵挡。

赏析与点评

张鸣善的这三首《普天乐》题名“咏世”，实际上乃是写闺怨。三首曲子都从闺中人角度出发，展示了离别后的思念、煎熬和期盼。三首曲都善于借环境描写来谱写离情，如第一首中的花与月，第二首中的花、香与月，第三首中的风雨，曲家不避重复，反复谱写，层层累积，将离情写得倍加哀婉动人。

【双调·水仙子】讥时

铺眉苫眼早三公[1]，裸袖揎拳享万钟[2]。胡言乱语成时用[3]，大纲来都是烘[4]。说英雄谁是英雄？五眼鸡岐山鸣凤[5]，两头蛇南阳卧龙[6]，三脚猫渭水飞熊[7]。

注释

1 铺眉苫眼：即舒眉展眼、装模作样、盛气凌人的样子。三公：周以太师，太傅、太保为三公，西汉以大司马、大司徒、大司空为三公，东汉以太尉、司徒、司空为三公。唐、宋仍有三公之名，但已没有实权。这里泛指高官。

2 裸袖揎拳：捋起袖子露出拳头，这里指善于打闹之人。万钟：俸禄优厚。

3 成时用：受到时代重用。

4 大纲来：总而言之。烘：指胡闹。

5 五眼鸡：即乌眼鸡，好斗成性。岐山：周朝发祥地，在今陕西岐山县。鸣凤：凤凰。传说周代将兴的时候，有凤凰鸣叫于岐山。

6 两头蛇：传说为不祥之物。南阳卧龙：即诸葛亮。这里是指奸邪之人反而成为了“忠臣贤相”。

7 三脚猫：指代没有本事的人。渭水飞熊：用周文王“飞熊入梦”而遇吕尚事，飞熊即指太公吕尚。这里指没本事的人得居高位。

赏析与点评

蒙元一代社会政治黑暗，显要职位尽为蒙古人、色目人担当，而且贤愚不分，是非颠倒，汉族文人多沉沦下僚，难有作为。张鸣善这首《水仙子》即反映和讽刺了这种情况。曲词大胆，想象丰富，语言诙谐有力，这也是张鸣善散曲的一大特色。

杨朝英

人物简介

杨朝英，生卒年不详，字英甫，号澹斋，青城（今山东省高青县）人，后移居龙兴（今江西南昌）。曾任州县官，后归隐，与贯云石等唱和。他编有《阳春白雪》与《太平乐府》两部散曲集，今所见元散曲、套数多赖以传世。长于散曲创作，杨维桢《周月湖今乐府序》称：“士大夫以今乐府鸣者，奇巧莫如关汉卿、庾吉甫、杨澹斋、卢疏斋”，其散曲今存小令二十八首。

【双调·水仙子】[1]

雪晴天地一冰壶，竟往西湖探老逋[2]。骑驴踏雪溪桥路[3]，笑王维作画图[4]，拣梅花多处提壶[5]。对酒看花笑，无钱当剑沽[6]，醉倒在西湖。

又

灯花占信又无功[7]，鹊报佳音耳过风[8]。绣衾温暖和谁共，隔云山千万重，因此上惨绿愁红。不付能博得团圆梦[9]，觉来时又扑个空，杜鹃声又过墙东。

自足

杏花村里旧生涯[10]，瘦竹疏梅处士家[11]。深耕浅种收成罢，酒新篘鱼旋打[12]，有鸡豚竹笋藤花[13]。客到家常饭，僧来谷雨茶[14]，闲时节自炼丹砂[15]。

注释

1 杨朝英所写《水仙子》曲凡九首，此选其中三首。

2 老逋：指宋代诗人林逋，曾隐居西湖孤山。

3 “骑驴”句：这里暗用孟浩然骑驴踏雪、寻梅吟诗的典故。

4 笑王维作画图：王维，唐代著名诗人、画家，曾绘《雪溪图》和《雪里芭蕉图》。这里是说他画的雪景，远不如眼前西湖的自然景色。

5 提壶：提起酒壶。

6 当剑：把佩剑典当掉。沽：通“酤”，买酒。

7 灯花占信：古人迷信，认为灯蕊结成花瓣，乃是远信至、行人归的吉兆。

8 鹊报佳音：古人相信喜鹊传报喜讯。耳过风：比喻漠不关心。典出《吴越春秋·吴王寿梦传》：“富贵之于我，如秋风之过耳。”这里指希望落空。

9 不付能：方才、刚才。

10 杏花村：唐杜牧《清明》诗：“借问酒家何处有，牧童遥指杏花村。”后以杏花村代指卖酒处。

11 处士：没有做官的读书人。

12 篘：滤酒用的竹具。旋：同“现”，刚刚。

13 豚：小猪。藤花：指瓜果之类蔓生植物的花。

14 谷雨茶：谷雨节前采摘的春茶。

15 炼丹砂：古代道士多用丹砂炼制长生不老药。

赏析与点评

杨朝英这几首《水仙子》大多作于归隐之后，主旨不一，就所选几曲看来，第一首写西湖踏雪寻梅，第二首写闺情，第三首写闲居。前后两首都通过对场景、景物的铺排来展现其不同流俗的审美情趣和闲适乐趣，情致较高。

【商调·梧叶儿】客中闻雨

檐头溜[1]，窗外声，直响到天明。滴得人心碎，刮得人梦怎成。夜雨好无情，不道我愁人怕听[2]。

注释

1 檐头溜：檐下滴水的地方。

2 不道：不管，不顾。

赏析与点评

传统诗词中闻雨意象多见，大多比较典雅，以听雨展示离愁怀远之情，如晚唐温庭筠《更漏子》词：“梧桐树，三更雨，不道离情正苦。一叶叶，一声声，空阶滴到明。”曲则不然，曲贵通俗流丽，如此曲主旨同温词一致，而风味不同。

王举之

人物简介

王举之，生平不详。居杭州，与钱惟善、胡存善等交好。散曲今存小令十三首，套数五篇。

【双调·折桂令】赠胡存善[1]

问哈蜊风致何如[2]，秀出乾坤，功在诗书。云叶轻灵，灵华纤腻，人物清癯[3]。采燕赵天然丽语[4]，拾姚卢肘后明珠[5]。绝妙功夫，家住西湖[6]，名播东都[7]。

七夕

鹊桥横低蘸银河[8]，鸾帐飞香[9]，凤辇凌波[10]。两意绸缪[11]，一宵恩爱，万古蹉跎。剖犬牙瓜分玉果[12]，吐蛛丝巧在银盒[13]。良夜无多，今夜欢娱，明夜如何？

注释

1 胡存善：胡正臣之子。钟嗣成《录鬼簿》载，正臣善唱词曲，“其子存善能继其志”。

2 哈（gé）蜊：一种贝类，肉质鲜美，被称为“百味之冠”。元曲家因曲之风味有别于正统的诗、词，乃以哈蜊比拟之。如钟嗣成《录鬼簿·自序》有：“吾党且啖哈蜊，别与知味者道。”

3 清癯：清瘦。

4 “采燕赵”句：指广泛吸取各家之长。因早期元曲家多为河北、陕西、山东、山西一带的人，故乃以“燕赵”统称之。

5 姚卢：指姚燧、卢挚，两人都是当时影响较大的散曲作家。

6 家住西湖：据《录鬼簿》载，胡存善系杭州人。

7 东都：本指洛阳，这里借指开封。

8 “鹊桥”句：传说七夕之日，所有的喜鹊聚集起来，在银河上搭成一座桥，以便牛郎、织女相会，故称鹊桥。

9 鸾帐：夫妇同寝时的床帐。

10 凤辇：凤凰所拉或有凤饰之车，乃华贵之车，此指织女乘坐的车。凌波：形容女子步履轻盈。

11 绸缪：情意缠绵。

12 瓜分玉果：七夕旧俗，民间常陈瓜果于庭。

13 “吐蛛丝”句：七夕夜，民间女子常用小盒装蜘蛛，开启见网圆美，谓“得巧”。

赏析与点评

王举之这两首曲子一是题赠，一是题咏牛郎织女。其中《赠胡存善》一曲为我们保留了当时许多重要资料。首先是胡存善应是当时著名的元曲选家，对传播元曲起了很大的作用；其次是王举之本身对元曲的看法是“秀出乾坤，功在诗书”，认为散曲创作不亚于传统诗文，这种观念是极为进步的。

贾 固

人物简介

贾固，生卒年不可考，字伯坚，沂州（今山东省临沂市）人。曾官扬州路总管、中书左参政。善乐府，谐音律，而散曲仅存小令一支。

【中吕·醉高歌过红绣鞋】 寄金莺儿[1]

【醉高歌】乐心儿比目连枝[2]，肯意儿新婚燕尔[3]。画船开抛闪的人独自[4]，遥望关西店儿[5]。【红绣鞋】黄河水流不尽心事，中条山隔不断相思[6]，当记得夜深沉、人情悄、自来时。来时节三两句话，去时节一篇诗，记在人心窝儿里直到死。

注释

1 据《青楼集》载，贾固任山东佥宪时，属意歌伎金莺儿，与之交好。后除西台御史，不能忘情，乃作《醉高歌过红绣鞋》以寄之，因被劾罢官。

2 比目连枝：指比目鱼、连理枝。

3 肯意儿：情投意和。新婚燕尔：语本《诗经·邶风·谷风》："燕尔新婚，如兄如弟。"燕尔，和悦相得之意。

4 抛闪：抛弃。

5 关西：指潼关以西。

6 中条山：在山西西南部，黄河、涑水河和沁河间。

赏析与点评

这首寄赠曲乃是贾固离别金莺儿之后写给她的，曲家饱含真情，发自肺腑地抒发了对金莺儿的热恋与思念之情，这种直率、袒露出自一个御史官对一个风尘女子，尤为难得，难怪会为人所弹劾。

周德清

人物简介

周德清（一二七七至一三六五），字日湛，号挺斋，高安（今江西省高安市）人，北宋词人周邦彦后裔。工乐府，精音律。元代著名的音韵学家、戏曲家，终生未仕，著有《中原音韵》，为北曲立法，也为后人研究音韵学留下宝贵资料。贾仲明《录鬼簿续编》称赞他说："长篇短章，悉可为人作词之定格。故人皆谓：德清之韵，不但中原，乃天下之正音也，德清之词，不惟江南，实天下之独步也。"可谓推崇至极。今存小令三十一首，套数三篇。

【中吕·满庭芳】 看岳王传[1]

披文握武[2]，建中兴宙宇[3]，载青史图书[4]。功成却被权臣妒[5]，正落奸谋。闪杀人望旌节中原士夫[6]，误杀人弃丘陵南渡銮舆[7]。钱塘路，愁风怨雨，长是洒西湖[8]。

误国贼秦桧

官居极品[9]，欺天误主，贱土轻民。把一场和议为公论，妨害功臣。通贼虏怀奸诳君，那些儿立朝堂仗义依仁[10]！英雄恨，使飞云幸存[11]，那里有南北二朝分。

注释

1 周德清作《满庭芳》四首，分别以岳飞、韩世忠、秦桧、张俊等历史人物为题，今选其二。

2 披文握武：岳飞为南宋初期抗金的名将，平素也喜好文学。《宋史》本传说他“好贤礼士，览经史，雅歌投壶，恂恂如书生”。

3 建中兴庙宇：建立了中兴的事业。庙宇，指宗庙社稷。岳飞于绍兴十年（一一四一）与金兀术对垒，连战连捷，中原大震，进军朱仙镇，直逼开封，两河豪杰皆愿归其统制，金军内部也多瓦解动摇。

4 青史：史书。古人用竹简记事，在刻写之前，先须用火加以处理，是乃“杀青”，所以叫青史。

5 “功成”句：权臣，指秦桧。桧于绍兴十一年，以“莫须有”的罪名，杀害岳飞于风波亭上，时岳飞年三十九岁。

6 闪杀：抛弃，抛撇。闪杀人指代中原百姓。旌节：指旌旗仪仗。士夫：泛指人民。此句言中原沦陷区的人民日夜盼望宋师北伐，恢复中原。

7 误杀人：指弃国逃亡的皇帝。弃丘陵：抛弃国土。銮舆：皇帝的车驾，代指皇帝。此句言宋高宗赵构逃到杭州，偏安江左，不思恢复。

8 钱塘路：钱塘一带。岳飞在此遇难，后葬今杭州西（原为钱塘县）栖霞岭下、西子湖旁。故云“愁风怨雨，长是洒西湖”。

9 极品：最高品级的官，指宰相。宋高宗绍兴元年，秦桧拜相。

10 那些儿：哪有一点儿，激愤语。

11 使飞云幸存：假使岳飞、岳云还侥幸活着的话。岳云，岳飞养子，英勇善战，与岳飞一同被秦桧杀害。

赏析与点评

这两首曲都是吟咏历史人物，一咏岳飞，一咏秦桧，两者刚好形成对照。曲家将叙事与议论融合起来，在曲中大发议论，高抒己见，感情鲜明，铿锵有力，为曲中少见。曲家也借岳飞和秦桧的对比抒发了自己的爱国之情。

【中吕·红绣鞋】郊行

茅店小斜挑草稕[1]，竹篱疏半掩柴门。一犬汪汪吠行人。题诗桃叶渡[2]，问酒杏花村[3]，醉归来驴背稳[4]。

又

雪意商量酒价[5]，风光投奔诗家，准备骑驴探梅花[6]。几声沙嘴雁[7]，数点树头鸦，说江山憔悴煞。

注释

1 草稕：旧时酒家的标志，捆束的草秆，用草或布缀于竿头，悬在店门前，招引游客，俗称“望子”。

2 题诗桃叶渡：《古乐府注》：“王献之爱妾名桃叶，尝渡此。献之作歌送之曰：‘桃叶复桃叶，渡江不用楫。但渡无所苦，我自迎接汝。’”

3 问酒杏花村：杜牧《清明》诗：“借问酒家何处有，牧童遥指杏花村”。后即以“杏花村”指酒家。

4 “醉归来”句：这里暗用孟浩然、李贺等人骑驴寻诗的故事。

5 “雪意”句：是说天气像是要下雪，估计酒价也要提高一些。

6 “准备”句：这里用孟浩然骑驴踏雪、寻梅咏诗的典故。

7 沙嘴：沙洲突出于水中的地方。

赏析与点评

周德清这两首《红绣鞋》写自己郊游作诗之事，乃是其日常生活写照，曲家暗用王献之、孟浩然、李贺、杜牧诸典，表明其诗兴之浓、诗意之高，也暗寓了乐享隐逸生活之情。

【双调·蟾宫曲】别友

倚蓬窗无语嗟呀[1]，七件儿全无[2]，做甚么人家。柴似灵芝，油如甘露，米若丹砂[3]。酱瓮儿恰才梦撤[4]，盐瓶儿又告消乏。茶也无多，醋也无多。七件事尚且艰难，怎生教我折柳攀花[5]。

注释

1 蓬窗：用蓬草遮拦起来的窗户，形容家庭贫寒。嗟呀：叹息。

2 七件儿：即七件事，指日常生活中的七种必需品。宋吴自牧《梦梁录》："盖人家每日不可缺者，柴、米、油、盐、酱、醋、茶。"又武汉臣《玉壶春》杂剧："早晨起来七件事，油盐柴米酱醋茶。"

3 灵芝：仙草，古人认为服它可以长寿。甘露：甜美的露水。古人认为天下太平，上天才降甘露。丹砂：即朱砂，道家以此炼丹，认为服食它可以延年益寿。"柴似"三句极言柴、油、米之缺乏。

4 梦撤：本意为散失，此与下句"消乏"互文，都是用完之意。

5 折柳攀花：本指出入青楼歌馆、追欢买笑，此指逍遥放诞、无拘无束的生活。

赏析与点评

周德清这首曲子感叹自己贫困的生活境遇。曲家运用夸张的艺术手法，实际上展示了当时下层士人的艰难生活。读书人尚且如此，普通民众可想而知。曲中之深意似乎在此。

【正宫·塞鸿秋】浔阳即景

长江万里白如练[1]，淮山数点青如淀[2]，江帆几片疾如箭，山泉千尺飞如电。晚云都变露，新月初学扇[3]，塞鸿一字来如线[4]。

又

灞桥雪拥驴难跨[5]，剡溪冰冻船难驾[6]，秦楼美酝添高价[7]，陶家风味都闲话[8]。羊羔饮兴佳，金帐歌声罢[9]，醉魂不到蓝关下[10]。

注释

1 练：白色的绢。化用谢朓《晚登三山还望京邑》："余霞散成绮，澄江静如练。"

2 淮山：指淮水两岸的山。淀：同"靛"，青蓝色的染料。

3 新月初学扇：言新出之月，欲圆未圆。扇，团扇。班婕妤《怨歌行》："裁成合欢扇，团团似明月。"

4 塞鸿：自边地飞来的鸿雁。

5 灞桥：在长安东，为送别之处。北宋黄彻《溪诗话》载："或问郑綮相国近有诗否？答云：'诗思在灞桥风雪中驴背上。'"此即化用其意。

6 剡溪：水名，在浙江嵊县南。这里用晋王徽之雪夜访戴逵事。

7 秦楼：歌馆妓院。美酝：美酒。

8 陶家风味：指宋学士陶谷同小妾取雪水烹茶，当时文坛传为佳话。

9 "羊羔"两句：北宋名将党进每逢雪天，多在销金帐内饮羊羔酒。参见吕止庵《仙吕·后庭花》注释3。

10 蓝关：即蓝田关，韩愈《左迁至蓝关示侄孙湘》诗云："一封朝奏九重天，夕贬潮州路八千。欲为圣明除弊事，肯将衰朽计残年。云横秦岭家何在，雪拥蓝关马不前。知汝远来应有意，好收吾骨瘴江边。”

赏析与点评

这两首曲子首四句都运用了联璧对，对仗极为工稳。前一首写浔阳晚秋之景，所写景物由远至近，由大至小，层次十分分明，加以颜色和动作的对比，勾描出一幅动态的浔阳秋景图，乃写景曲中的佳作。

【中吕·朝天子】秋夜客怀

月光，桂香，趁着风飘荡。砧声催动一天霜[1]，过雁声嘹亮。叫起离情，敲残愁况。梦家山[2]，身异乡。夜凉，枕凉，不许愁人强[3]。

注释

1 砧声：捣衣之声。

2 家山：即故乡。

3 强（jiàng）：执拗，不顺从的意思。

赏析与点评

这是一首思乡曲。曲家运用浓缩的典型意象如月光、砧声、雁声等，构筑了浓烈的秋夜思乡的情境，如此情境之下，游子的思乡之情便浓郁得化不开了。全曲语言凝练秀美，有声有色，诚属曲中上品。

钟嗣成

人物简介

钟嗣成，（约一二七九至约一三六〇），字继先，号丑斋，大梁（今河南开封）人，寓居杭州。屡试不中。元顺帝时，编撰《录鬼簿》二卷，记载了元代杂剧作家及一些散曲作家的小传和剧目，是研究元曲最重要的文献。作有杂剧《章台柳》等七种，均佚。今存小令五十九首，套数一套。

【正宫·醉太平】

风流贫最好，村沙富难交[1]。拾灰泥补砌了旧砖窑，开一个教乞儿市学[2]。裹一顶半新不旧乌纱帽[3]，穿一领半长不短黄麻罩，系一条半联不断皂环绦[4]，做一个穷风月训导[5]。

又

绕前街后街，进大院深宅，怕有那慈悲好善小裙钗[6]，请乞儿一顿饱斋。与乞儿绣副合欢带[7]，与乞儿换副新铺盖，将乞儿携手上阳台[8]，设贫咱波奶奶[9]！

注释

1 村沙：狠毒、贪婪。此句是说贪婪狠毒的富绅很难交往。

2 市学：收取学费的私人学校。

3 乌纱帽：隋唐贵者多服乌纱帽，其后上下通用，又渐废为折上巾，乌纱帽成为闲居的常服。

4 半联不断皂环绦：破旧的黑腰带。

5 风月：本指清风明月等美好的景色，后喻男女情爱。训导：古代学官名。

6 怕有：或许有。裙钗：女子的代称。

7 合欢带：绣有花卉的带子，表示男女同欢结盟，多为新婚时所系。

8 将：与，和。阳台：宋玉《高唐赋》述及楚王与仙女欢会事："妾在巫山之阳，高丘之岨，旦为朝云，暮为行雨，朝朝暮暮，阳台之下。"后代指男女合欢之所。

9 设贫：救济穷人。咱波：语气助字，表祈求、希望语气。

赏析与点评

钟嗣成这两首《醉太平》，一写穷风月训导，一写风流乞儿，模拟其口吻，曲语幽默谐趣，读来荒诞不经。然而深入体察，在元时社会，这两者身上都有曲家这样的穷文人的身影在内，这样一来，荒诞中又饱含一种心酸，产生了别样的尖新效果。

【双调·清江引】1

到头那知谁是谁，倏忽人间世2。百年有限身3，三寸元阳气4，早寻个稳便处闲坐地。

又

秀才饱学一肚皮，要占登科记5。假饶七步才6，未到三公位7，早寻个稳便处闲坐地。

又

凤凰燕雀一处飞8，玉石俱同类。分甚高共低，辨甚真和伪？早寻个稳便处闲坐地。

注释

1 钟嗣成作有十首《清江引》，此选其中三首。

2 倏忽：很快，一下子。

3 百年有限身：人生有限，即使活到一百年，也只是短暂的一瞬。

4 元阳气：指生命的本原，即所谓“元气”。元时俗语有“三分气在千般用，一旦无常万事休”。

5 登科记：科举时代把考中进士的人按名次登记在册上，叫“登科记”。

6 假饶：即使。七步才：形容才思十分敏捷。

7 三公位：西汉以大司马、大司徒、大司空为三公，后世三公名称有所变化，后常用以泛指辅助国君掌握军政大权的最高官员。

8 凤凰燕雀一处飞：比喻良才、庸才一起被录用，不分良莠。

赏析与点评

这三首《清江引》表现的都是人生短暂、空幻如梦，及早抽身、全身远祸的思想，这种思想正是当时元代社会士人中较为普遍的一种思想，也在某种程度上反映了社会的黑暗与混乱。

【双调·凌波仙】吊周仲彬[1]

丹墀未知玉楼宣[2]，黄土应埋白骨冤。羊肠曲折云更变[3]。料人生亦惘然，叹孤坟落日寒烟。竹下泉声细，梅边月影回，因思君歌舞十全。

注释

1 钟嗣成曾以《凌波仙》分别凭吊宫大用、郑德辉等十七位元曲家，此选其一。

2 丹墀：古代宫殿前的台阶都以红色涂饰，故名。后多用以代指宫殿。玉楼宣：据李商隐《李贺外传》，李贺临终时，曾见一红衣使者，云天帝白玉楼成，召其为记事。后指文人夭逝。

3 羊肠：喻人生道路。云更变：比喻命运变化。

赏析与点评

钟嗣成在《录鬼簿》中凭吊了每位已故同辈曲家，具有十分重要的史料价值。选曲乃凭吊周仲彬之作，曲家为周仲彬的坎坷命运而深表同情，同时又深情回忆了两人的交往情况。在感慨人生命运之时，曲中也蕴藉了曲家自己的影子在内。

周　浩

人物简介

周浩，或作周诰，与钟嗣成同时代人。生平不详。其散曲仅存小令一首，为赞钟氏《录鬼簿》所作。

【双调·蟾宫曲】题《录鬼簿》

想贞元朝士无多[1]，满目江山，日月如梭。上苑繁华[2]，西湖富贵[3]，总付高歌。麒麟冢衣冠坎坷[4]，凤凰城人物蹉跎[5]。生待如何？死待如何？纸上清名，万古难磨[6]。

注释

1 贞元：唐德宗年号，时用二王革新，事败，诸人皆远贬各地。后刘禹锡归朝，大感物是人非，其《听旧宫中乐人穆氏唱歌》诗云："曾随织女渡天河，记得云间第一歌。休唱贞元供奉曲，当时朝士已无多。"朝士，指朝廷官员，此处是用"贞元朝士"比拟前代元曲名家。

2 上苑：皇帝玩乐、游猎之所。此指大都（今北京）。

3 西湖：代指杭州。当时大都与杭州是元曲作家两大创作中心。

4 麒麟冢：王侯贵族的坟墓。衣冠：代指名门望族。

5 凤凰城：凤城，指京城。

6 "纸上清名"两句：赞扬钟嗣成著成《录鬼簿》，可以万古流名。

赏析与点评

钟嗣成《录鬼簿》著录诸曲家均属身份卑微、职位低微然而才华突出之人，钟嗣成认为这些"已亡名公才人"为"不死之鬼"，乃作《录鬼簿》。周浩读完之后，深感认同，并将这些"已亡名公才人"同王侯贵族作对比，指出唯有才名才能万古不朽的至理。此曲即为此而作。

汪元亨

人物简介

汪元亨，生卒年不详。字协贞，号云林，别号临川佚老。饶州（今江西省鄱阳市）人。元至正间出仕浙江省掾，后徙居常熟。贾仲明《录鬼簿续编》有“至正间，与余交于吴门”之语，知其和贾仲明同时代，为元代后期曲家。所作杂剧有《斑竹记》、《仁宗认母》、《桃源洞》三种及南戏《父子梦栾城驿》，均失传。散曲今存《小隐余音》，小令一百首，套数一篇。

【正宫·醉太平】 警世[1]

辞龙楼凤阙，纳象简乌靴[2]。栋梁材取次尽摧折，况竹头木屑[3]。结知心朋友着疼热，遇忘怀诗酒追欢说[4]，见伤情光景放痴呆[5]。老先生醉也。

又

憎苍蝇竞血[6]，恶黑蚁争穴。急流中勇退是豪杰，不因循苟且。叹乌衣一旦非王谢[7]，怕青山两岸分吴越[8]，厌红尘万丈混龙蛇[9]。老先生去也。

又

结诗仙酒豪[10]，伴柳怪花妖[11]。白云边盖座草团瓢[12]，是平生事了。曾闭门不受征贤诏[13]，自休官懒上长安道[14]，但探梅常过灞陵桥[15]。老先生俊倒[16]。

注释

1 汪元亨作《醉太平》二十首，均载《雍熙乐府》，总题为“警世”，此选其中三首。唐、宋以来，称呼达官显宦为“老先生”，元代称京官为“老先生”。此乃自称。

2 龙楼凤阙：帝王的宫殿，代指朝廷。象简：象笏。乌靴：官靴。象简乌靴，指代官宦生活。这两句都是辞官之意。

3 取次：任意，随便。竹头木屑：可供利用的废置之材。

4 忘怀：可以相互忘情的朋友。此句与上句“结知心朋友”互文。说：通“悦”。

5 放痴呆：装痴呆。

6 苍蝇竞血：像苍蝇争舔血腥一样。比喻为争权夺利而做可鄙之事。后一句的“黑蚁争穴”意思相近。

7 乌衣：乌衣巷，在今南京市东南。东晋时王、谢诸望族曾居于此。

8 吴、越是战国时两个互为仇敌的国家，用来比喻敌对的势力。

9 混龙蛇：比喻好坏不分，贤愚莫辨。

10 结诗仙酒豪：指结交一些诗朋酒友。诗仙，李白；酒豪，刘伶。

11 伴柳怪花妖：此处柳、花都比喻青楼歌伎。

12 草团瓢：圆形的草屋，也叫“草团标”。

13 征贤诏：征用贤才的诏书。《晋书·王褒传》：“（褒）隐居教授，三征七辟，皆不就。”

14 长安道：京城之路，比喻争名夺利的场所。

15 灞陵：汉文帝的陵墓，在长安城东，附近有灞桥，乃当时人们经常送别的地方。

16 俊倒：笑煞，十分高兴。

赏析与点评

汪元亨这三首《醉太平》都是警世叹时之作。三首曲子有一个共同的主题就是奉劝执迷的世人看破名利，挣脱枷锁。人生苦短，何不乐享自由？曲家自己曾担任过小吏，如此感悟当是自己经验所得，这种感悟也是当时士大夫的一种普遍意绪。

【双调·雁儿落过得胜令】归隐[1]

【雁儿落】闲来无妄想，静里多情况。物情螳捕蝉[2]，世态蛇吞象[3]。【得胜令】直志定行藏[4]，屈指数兴亡。湖海襟怀阔，山林兴味长。壶觞，夜月松花酿[5]；轩窗，秋风桂子香。

又

山翁醉似泥[6]，村酒甜如蜜。追思莼与鲈[7]，拨置名和利。鸡鹜乱争食[8]，鹜蚌任相持[9]。风雪双蓬鬓，乾坤一布衣[10]。驱驰，尘事多兴废；依栖，云林少是非。

注释

1 汪元亨作《雁儿落过得胜令·归隐》共二十首，今选其中二首。

2 物情螳捕蝉：世情就是强者欺侮弱者。《说苑·正谏》："园中有树，其上有蝉，蝉高居悲鸣饮露，不知螳螂在其后也；螳螂委身曲附欲取蝉，而不知黄雀在其后也。"

3 世态蛇吞象：世态人心都是贪得无厌、永不满足。《山海经·海内南经》："巴蛇吞象，三岁而出其骨。"

4 行藏：出仕和退隐。《论语·述而》："用之则行，舍之则藏。"

5 松花酿：一种淡黄色的酒，又叫"松醪"。

6 山翁醉似泥：化用李白《襄阳歌》诗："傍人借问笑何事，笑杀山翁醉似泥。"山翁本指晋代山简，好酒闻名。本句中"山翁"乃自指。

7 追思莼与鲈：此用晋张翰因秋风起而想起家乡的莼羹和鲈鱼脍，于是挂冠归田的典故。参见姚燧《中吕·醉高歌·感怀》注释4。莼，一种多年生水草，嫩叶可烧汤，甚鲜美。

8 鸡鹜乱争食：比喻平庸的人为一丁点利益而争斗。《楚辞·九章·怀沙》："凤凰在笯兮，鸡鹜翔舞。"鹜，鸭子。

9 鹬（yù）蚌任相持：比喻双方为争夺利益，相持不下。

10 化用杜甫《江汉》诗："江汉思归客，乾坤一腐儒。"

赏析与点评

汪元亨在官场中过得并不舒心，估计历经颇多坎坷，所以他创作了数十首归隐曲来表现自己厌恶官场争斗，渴望归隐田园的真实想法。这两首带过曲表现其隐逸之志，均批判了官场尔虞我诈的黑暗现象，也看透了世态人心，而对田园生活则十分赞颂与神往。

【双调·沉醉东风】归田[1]

远城市人稠物穰[2]，近村居水色山光。熏陶成野叟情[3]，铲削去时官样[4]，演习会牧歌樵唱。老瓦盆边醉几场[5]，不撞入天罗地网[6]。

又

达时务呼为俊杰，弃功名岂是痴呆。脚不登王粲楼[7]，手莫弹冯谖铗[8]，赋归来竹篱茅舍。古今陶潜是一绝，为五斗腰肢倦折[9]。

注释

1 汪元亨作《双调·沉醉东风·归田》共二十首，今选其中二首。

2 人稠物穰（ráng）：人口稠密，物品丰富。

3 “熏陶”句：因受野叟的感染和陶冶，养成野叟似的情性。野叟，野老、老农。

4 时官样：官场流行的官架子。

5 老瓦盆：粗陋的陶制酒器。

6 天罗地网：比喻无所不在、充满陷阱的官场和名利场。

7 王粲：汉末文学家。西京丧乱，他避难荆州，投靠刘表，未被重用，于是作《登楼赋》抒发怀才不遇的落寞情怀。因其主旨仍是热衷于功名，故此云“脚不登王粲楼”。

8 手莫弹冯谖铗：战国四公子之一的孟尝君善养士，冯谖为其门客时不受待见，曾弹铗长歌，希望得到重视。因冯谖也是追求事功的，故此云“莫弹”。

9 陶潜因为不愿为五斗米折腰，所以辞官归田。此处曲家借陶潜自比。

赏析与点评

这组《沉醉东风·归田》均作于曲家归隐之后，久困官场的他终于得享自由，有如陶渊明辞官归田一样，内心充满了激动和畅快。所选两曲感情基调也是如此，曲家在曲中尽情颂扬了田园之乐，表达了远离官场和名利场的庆幸与解脱。

【中吕·朝天子】归隐

长歌咏楚辞，细赓和杜诗[1]，闲临写羲之字[2]。乱云堆里结茅茨[3]，无意居朝市。珠履三千，金钗十二[4]，朝承恩暮赐死。采商山紫芝[5]，理桐江钓丝[6]，毕罢了功名事。

注释

1 赓和：续和。杜诗：唐代大诗人杜甫之诗。

2 羲之：东晋大书法家王羲之。

3 茅茨：茅草搭成的房子。

4 “珠履”两句：《史记·春申君列传》说楚春申君有客三千余人，“上客皆蹑珠履”。《山唐肆考》载，唐牛僧孺家有金钗十二行。此处形容权贵豪族的富奢和姬妾的众多。

5 “采商山”句：指西汉隐士商山四皓。

6 “理桐江”句：东汉严子陵隐居桐庐，垂钓桐江。

赏析与点评

这首曲也是写归隐，曲家极力歌咏归隐后生活的闲适与惬意，并与命运朝不保夕的豪富家族对比，指出这种逍遥和自由的难得，奉劝人们及早抽身，遁世归隐。

一分儿

人物简介

一分儿，生平不详。姓王，大都（今北京）歌伎。今存散曲小令一首。

【双调·沉醉东风】[1]

红叶落火龙褪甲，青松枯怪蟒张牙。可咏题，堪描画，喜觥筹席上交杂[2]。答剌苏频斟入礼厮麻[3]，不醉呵休扶上马。

注释

1 元夏庭芝《青楼集》载："一日，丁指挥会才人刘士昌、程继善等于江乡园小饮。王氏佐樽。时有小姬歌《菊花会》南吕曲云：'红叶落火龙褪甲，青松枯怪蟒张牙。'丁曰：'此《沉醉东风》首句也，王氏可足成之。'王应声曰……。一座叹赏，由是声价愈重焉。"由此看来，此曲乃王氏即席而成，可见其聪慧。

2 觥筹：酒杯和酒令筹。

3 答剌苏：蒙古语，酒。礼厮麻：蒙古语，杯。

杨维桢

人物简介

杨维桢（一二九六至一三七〇），字廉夫，号铁崖、铁笛道人、铁冠道人等，晚年自号老铁、东维子。会稽（今浙江绍兴）人。泰定四年进士。历官天台县尹、杭州四务提举、建德路总管推官。元末农民起义爆发，杨维桢避寓富春江一带，张士诚屡召不赴，后隐居江湖，在松江筑园圃蓬台。江南才俊造门拜访者不绝。杨维桢为元代诗坛领袖，因“诗名擅一时，号铁崖体”，在元文坛独领风骚四十余年。著有《东维子文集》、《铁崖先生古乐府》等。今存小令一支，套数一篇。

【中吕·普天乐】[1]

十月六日，云窝主者设燕于清香亭，侑卮者东平玉无瑕张氏也。酒半，张氏乞予乐章，为赋《双飞燕》调，俾度腔行酒，以佐主宾之欢。

玉无瑕[2]，春无价，清歌一曲，俐齿伶牙。斜簪鬏髻花[3]，紧嵌凌波袜，玉手琵琶弹初罢。怎教他，流落天涯，抱来帐下。梨园弟子[4]，学士人家。

注释

1 按杨维桢《序》，此曲称《双飞燕》，徐沁君先生根据格律认为即《中吕·普天乐》，隋树森先生从之，改调名。

2 玉无瑕：从序曲可知，应为张氏歌女的外号。

3 鬏髻（tiji）：假发髻。鬏，通“髢”。

4 梨园弟子：唐玄宗通音律，好歌舞，尝选子弟三百，教于梨园，号“皇帝梨园弟子”。后世以歌舞、戏剧为业者皆称梨园弟子。

赏析与点评

这首曲乃是即席创作，以助宴席之兴。曲子当然以褒扬为基调，夸赞歌女张氏色艺出众，并且故意设置疑问：如此人才怎会流落天涯？从另一角度推进之前的赞扬，可谓妙笔。

倪　瓒

人物简介

倪瓒（一三〇一至一三七四），字符镇，自号风月主人，又号云林子、沧浪漫士、净名庵主等，无锡（今江苏无锡）人。生平未曾出仕。自幼读书，过目不忘。家有清閟阁，多藏法书、名画、秘籍。元代大书画家，善诗，自然天成，又善琴操，精音律。至正初散尽家财，弃家隐居太湖三泖间，与杨维桢、顾仲瑛等相唱和。自称懒瓒，亦称倪迂。有《清闷阁集》，今存小令十二首。

【黄钟·人月圆】

伤心莫问前朝事，重上越王台[1]，鹧鸪啼处[2]，东风草绿，残照花开。怅然孤啸，青山故国，乔木苍苔。当时月明，依依素影[3]，何处飞来？

又

惊回一枕当年梦，渔唱起南津[4]。画屏云嶂[5]，池塘春草[6]，无限消魂。旧家应在，梧桐覆井，杨柳藏门。闲身空老，孤篷听雨，灯火江村。

注释

1 越王台：当是越王句践所筑的台榭。

2 鹧鸪啼处：李白《越中览古》：“宫女如花满春殿，只今惟有鹧鸪飞。”这里用其意。

3 依依：隐约的样子。素影：指明月。

4 渔唱：渔歌。

5 嶂：屏障似的山峰。

6 池塘春草：谢灵运《登池上楼》：“池塘生春草，园柳变鸣禽。”

赏析与点评

倪瓒晚年隐居江湖之间，常常追怀故国，抒发愁思。这两首《人月圆》抒发的都是故国之思，高古苍凉，风味与咏史诗词略同。

【越调·小桃红】秋江

一江秋水澹寒烟，水影明如练，眼底离愁数行雁。雪晴天，绿苹红蓼参差见[1]。吴歌荡桨，一声哀怨，惊起白鸥眠。

又

五湖烟水未归身[2]，天地双蓬鬓。白酒新篘会邻近[3]。主酬宾，百年世事兴亡运。青山数家，渔舟一叶，聊且避风尘。

注释

1 绿苹：蕨类植物，生浅水中，叶柄长，顶端生四片小叶，又称田字草。红蓼：草本植物，生水边，花白色或浅红色。参差：长短不齐的样子。

2 “五湖烟水未归身”句：暗用范蠡功成身退、归隐五湖的典故。

3 新篘：新过滤。

赏析与点评

倪瓒这两首《小桃红》描摹的都是秋日江色，前一首重白描，后一首重感发，借秋江图抒发遨游江湖之乐。前一首描摹秋江景色，层次分明，配色鲜明，不愧是画家兼诗人手笔，乃是一幅充满诗意的着色山水图。

夏庭芝

人物简介

夏庭芝，生卒年不详。字伯和，一作百和，号雪蓑，别署雪蓑钓隐，一作雪蓑渔隐。松江（今上海松江市）人。文章妍丽，乐府隐语极多。曾追忆旧游，著《青楼集》，为研究元曲演唱的重要资料。与当时曲家张鸣善、郝经、钟嗣成等交善。散曲今存小令二首。

【双调·水仙子】赠李奴婢[1]

丽春园先使棘针屯[2]，烟月牌荒将烈焰焚[3]，实心儿辞却莺花阵[4]。谁想香车不甚稳，柳花亭进退无门。夫人是夫人分，奴婢是奴婢身，怎做夫人？

注释

1 据《青楼集》载，李奴婢色艺绝伦，嫁与一蒙古官员，但终被休还。当时名公士大夫多为此题赠乐府等。夏庭芝这首《水仙子》也是以此事为题。

2 丽春园：即丽春院，名妓苏卿住处，后泛指妓院。屯：满布。

3 烟月牌：妓女花牌。

4 莺花阵：妓院的代称。

刘庭信

人物简介

刘庭信，生卒年不详。先名廷玉，排行第五，身长而黑，人称黑刘五，益都（今山东益都县）人。钟嗣成《录鬼簿》说他“风流蕴藉，超出伦辈。风晨月夕，惟以填词为事，信口成句，能道人所不能道者”。今存世小令三十九首，套数七篇。

【越调·寨儿令】戒嫖荡[1]

掂折了玉簪[2]，摔碎了瑶琴[3]，若提着娶呵我倒碜[4]。一去无音，那里荒淫。抛闪我到如今。他咱行无意留心[5]，咱他行白甚情深[6]。则不如把花笺糊了线贴，裁罗帕补了鸳衾，剪下的青丝发换了钢针。

注释

1 刘庭信所作《寨儿令》凡十五首，总题为“戒嫖荡”，此选其中之一。

2 掂折：折断。《董西厢》卷八：“斑管虽圆被风裂，玉簪更坚也掂折。”

3 瑶琴：饰以美玉的琴。

4 “若提着”句：是说如果提到娶我为妻一类的话，简直令我感到牙碜。

5 他咱行：他那里。咱，句尾语气助词，无实际意义。

6 “咱他行”句：意谓我因为他白白地浪费了那么多的感情。

赏析与点评

这首曲子乃是女子对负心男子的控诉，情感激烈，与生活联系紧密，又多以俚言俗语入曲，俏丽新颖，正是曲之当行本色。

【双调·水仙子】相思

秋风飒飒撼苍梧，秋雨潇潇响翠竹，秋云黯黯迷烟树。三般儿一样苦。苦的人魂魄全无。云结就心间愁闷，雨少似眼中泪珠[1]，风做了口内长吁[2]。

又

恨重叠、重叠恨、恨绵绵、恨满晚妆楼。愁积聚、积聚愁、愁切切、愁斟碧玉瓯[3]。懒梳妆、梳妆懒、懒设设、懒爇黄金兽[4]。泪珠弹、弹珠泪、泪汪汪、汪汪不住流。病身躯、身躯病、病恹恹[5]，病在我心头。花见我、我见花、花应憔瘦。月对咱、咱对月、月更害羞。与天说、说与天、天也还愁。

注释

1 少似：恰似。

2 长吁：长叹。

3 碧玉瓯：碧玉制成的酒杯。

4 爇（ruò）：点燃，燃烧。黄金兽：饰以黄金色的兽形香炉，此指香。

5 恹恹：有病的样子。

赏析与点评

这两首相思曲差别较大。第一首巧妙地构建了两组鼎足对，重叠秋风、秋雨、秋云，将自然界的现象同人的意绪结合起来，想象奇特，动人心魄。第二首运用了反复体，将离别及别后之相思种种情境铺设得非常详尽，情感也就集聚浓郁了。两首曲写法都比较新颖，都将相思渲染得淋漓尽致。

【双调·折桂令】忆别

想人生最苦离别，唱到阳关[1]，休唱三叠。急煎煎抹泪揉眵[2]，意迟迟揉腮撧耳[3]，呆答孩闭口藏舌[4]。情儿分儿你心里记者，病儿痛儿我身上添些，家儿活儿既是抛撇，书儿信儿是必休绝。花儿草儿打听的风声[5]，车儿马儿我亲自来也！

又

想人生最苦离别，经过别离，才识别离。早晨间少婢无奴，晌午后寻朋觅友，到黄昏忆子思妻。咚咚咚鼓声动心忙意急，支支支角声哀魂散魄飞。钟声儿紧紧的相随，漏声儿点点的临逼。想平生受过的凄凉，呆答孩软了身己[6]。

又

想人生最苦离别，雁杳鱼沉[7]，信断音绝。娇模样甚实曾丢抹[8]，好时光谁曾受用，穷家活逐日绷拽[9]。才过了一百五日上坟的日月，早来到二十四夜祭灶的时节[10]。笃笃寞寞终岁巴结[11]，孤孤另另彻夜咨嗟[12]。欢欢喜喜盼的他回来，凄凄凉凉老了人也。

注释

1 阳关：阳关曲。唐宋时送别曲，词乃王维《送元二使安西》绝句，因多重唱三遍，故称三叠。

2 眵（chī）：眼屎。

3 揉腮撧（juē）耳：抓耳挠腮。

4 呆答孩：发痴、发呆的样子。闭口藏舌：说不出话来。

5 花儿草儿：指拈花惹草之事。风声：消息。

6 身己：身体。

7 雁杳鱼沉：古有鱼雁传书故事，此指音信断绝。

8 甚实：何时。丢抹：同“丢丢抹抹”，打扮之意。

9 穷家活：穷困的生活。逐日绷拽：每日勉强支撑。

10 一百五日上坟的日月：自冬至过一百五日，为寒食节，即清明节前一日，传统习俗为踏青扫墓的时节。二十四夜祭灶的时节：旧历腊月二十四为民间祭祀灶神的节日。

11 笃笃寞寞：宋元俗语，即“笃寞”的重言，周旋、徘徊的意思。巴结：辛苦、努力。

12 孤孤另另：即孤零。咨嗟：叹息。

赏析与点评

刘庭信这三首《折桂令》写别离之情，前后两首都是从女子视角着笔，中间一首从男子着笔，巧妙运用联璧对等对仗手法，将离别及离别之后的思念之情写得极为夸张，一些叠字的使用又让全曲读来铿锵有力，气氛紧张而又别有趣味。

兰楚芳

人物简介

兰楚芳，西域人，生卒年不详。曾任江西元帅。曾与刘庭信在武昌赓和乐章，时人誉为元、白。今存小令九首，套数三篇。

【南吕·四块玉】风情

我事事村[1]，他般般丑[2]。丑则丑，村则村，意相投。则为他丑心儿真，博得我村情儿厚。似这般丑眷属、村配偶，只除天上有。

注释

1 事事：样样。村：村野，粗俗。

2 般般：件件。

赏析与点评

兰楚芳这首《四块玉》写男女爱情，但不同于传统诗文中常见的才子佳人模式，而是选择了一对“愚夫愚妇”，两人的真心相对也是另一种佳偶天成，读来别具趣味。

【双调·沉醉东风】

金机响空闻玉梭，粉墙高似隔银河[1]。闲绣床，纱窗下过，佯咳嗽喷绒香唾[2]。频唤梅香为甚么[3]，则要他认的那声音儿是我。

注释

1 “金机”两句：意谓自己与情人如同天上的牛郎、织女一样，很难有机会见面。

2 佯：假装。此句谓假装咳嗽以引起情人的注意。

3 频：不断，反复。此句谓不断地叫唤侍女，以便让情人听出是自己的声音。

赏析与点评

这首曲子描写恋爱中女子的言行、心理，极为贴切生动。

高　明

人物简介

高明，字则诚，号菜根道人。永嘉平阳（今浙江温州瑞安）人。约生于元成宗大德年间，至正五年进士，授处州录事，辟丞相掾。为官正直清廉，多与上司不和，故常常辞官隐退，任职时间均不长。后专心撰写戏文《琵琶记》。卒于明初，年七十余。《琵琶记》外，又有诗文集《柔可斋集》。今存散曲小令两支，套数一篇。

【商调·金络索挂梧桐】[1] 咏别

羞看镜里花[2]，憔悴难禁架[3]，耽阁眉儿淡了叫谁画[4]。最苦魂梦飞绕天涯，须信流年鬓有华[5]。红颜自古多薄命，莫怨东风当自嗟[6]。无人处，盈盈珠泪偷弹洒琵琶。恨那时错认冤家[7]，说尽了痴心话。

又

一杯别酒阑[8]，三唱阳关罢，万里云山两下相牵挂。念奴半点情与伊家[9]，分付些儿莫记差。不如收拾闲风月[10]，再休惹朱雀桥边野草花[11]。无人把，萋萋芳草随君到天涯[12]。准备着夜雨梧桐，和泪点常飘洒。

注释

1 元人散曲多为北曲，南曲较少，高则诚这两首《金络索挂梧桐》都是南曲。

2 镜里花：比喻自己的容颜。

3 难禁架：难当，难耐。

4 “眉儿淡了”句：此处暗用汉张敞为妻画眉的故事。

5 流年：年华，谓其如流水之易逝。鬓有华：两鬓斑白。

6 “红颜”二句：化用欧阳修《再和明妃曲》诗：“红颜胜人多薄命，莫怨春风当自嗟。”

7 冤家：情人的爱称。

8 阑：阑珊、将尽未尽。与后文“三唱阳关罢”的“罢”字同义。

9 伊：你。家：语气助词。

10 收拾：意谓摆脱、结束。闲风月：比喻非正式的男女情爱。

11 “再休惹”句：是说不要招蜂惹蝶，寻花问柳。刘禹锡《乌衣巷》诗有：“朱雀桥边野草花，乌衣巷口夕阳斜。”此系借用其句而不用其诗。

12 萋萋芳草：汉刘安《招隐士》赋有："王孙游兮不归，春草生兮萋萋。"萋萋，草木茂盛的样子。

赏析与点评

高则诚这两首曲子均系离别之曲。前一首写女子别后之相思，憔悴暗怨，难以自持，唯有暗地落泪，悔恨当初错许了终生，才致今日相思之痛苦；后一首写女子送别时对郎君的叮嘱，殷切缠绵，深情款款。

汤 式

人物简介

汤式，字舜民，号菊庄，宁波（今浙江宁波）人。约生活于元末明初。生平不详。初为本县吏，后落魄江湖间。曾长期居住在南京。明成祖在燕邸时，待其甚厚，永乐间仍有赏赐。性滑稽，工散曲，有《笔花集》，颇负盛名。著有杂剧《瑞仙亭》、《娇红记》两种，皆失传。现存小令一百七十首，套数六十八篇。

【正宫·小梁州】扬子江阻风

篷窗风急雨丝丝，闷捻吟髭[1]。维扬西望渺何之[2]，无一个鳞鸿至[3]，把酒问篙师[4]。【幺】他迎头儿便说干戈事，待风流再莫追思。塌了酒楼，焚了茶肆。柳营花市[5]，更说甚呼燕子唤莺儿。

九日渡江

秋风江上棹孤舟，烟水悠悠，伤心无句赋登楼[6]。山容瘦，老树替人愁。【幺】樽前醉把茱萸嗅[7]，问相知几个白头。乐可酬，人非旧。黄花时候[8]，难比旧风流。

又

秋风江上棹孤航，烟水茫茫，白云西去雁南翔。推篷望，清思满沧浪[9]。【幺】东篱载酒陶元亮[10]，等闲间过了重阳。自感伤，何情况。黄花惆怅，空作去年香。

注释

1 髭：嘴上边的胡子。

2 维扬：指扬州。

3 鳞鸿：代指书信。

4 篙师：船夫。

5 柳营花市：妓院一类的场所。

6 “伤心”句：汉末王粲去荆州投奔刘表，未被礼遇，偶登当阳城楼，作《登楼赋》抒发其怀才不遇之感。此则反其义而用之。

7 茱萸：一种有香气的植物。古代风俗，重阳日佩茱萸登高，饮菊花酒，可以避灾。此句化用杜甫《九日蓝田崔氏庄》：“明年此会知谁健，醉把茱萸仔细看。”

8 黄花时候：意谓又是菊花开放的时节。

9 沧浪：泛指青苍色的水。

10 “东篱”句：晋陶潜，字渊明，或云字渊明，名元亮。陶渊明《饮酒》诗有“采菊东篱下，悠然见南山”。故此处“东篱”、“元亮”皆指陶潜。

赏析与点评

汤式这三首《小梁州》主要抒发羁旅行役之愁，第一首中还渗透了一种故国之思。第二、三两首都作于重阳节，因此羁旅行役之愁中还包含思亲念家之情。

【中吕·谒金门】落花二令

落花，落花，红雨似纷纷下。东风吹傍小窗纱，撒满秋千架。忙唤梅香，休教践踏。步苍苔选瓣儿拿。爱他，爱他，擎托在鲛绡帕[1]。

又

落红，落红，点点胭脂重。不因啼鸟不因风，自是春搬弄。乱撒楼台，低扑帘栊。一片西一片东。雨雨，风风，怎发付孤栖风[2]。

注释

1 鲛绡帕：即手帕。鲛绡，传说由鲛人所织的绡，极为轻薄。

2 “怎发付”句：是说孤单栖身的我怎生对付。

赏析与点评

这两首乃咏物之曲，吟咏“落花”，细叙落花种种，实际乃是借咏落花而抒发闺怨之情，非常婉转含蓄，风味与词较为接近。

【双调·蟾宫曲】

冷清清人在西厢，叫一声张郎，骂一声张郎[1]。乱纷纷花落东墙，问一会红娘，絮一会红娘[2]。枕儿余，衾儿剩，温一半绣床，闲一半绣床。风儿斜，月儿细，开一扇纱窗，掩一扇纱窗。荡悠悠梦绕高唐[3]，萦一寸柔肠，断一寸柔肠。

注释

1 张郎：即《西厢记》的男主角张君瑞。

2 “絮一会红娘”句：意谓絮絮叨叨地问红娘有没有张生来到的消息。

3 高唐：本是楚王与巫山神女欢会之地，后常用来代指男女欢爱之事。

赏析与点评

这首《蟾宫曲》运用了重句体，即如“叫一声张郎，骂一声张郎”，仅仅换一个动词而重复整个句子，为元曲巧体之一。曲中重点表现了崔莺莺等候张生赴约前的忐忑不安，但曲家对莺莺形象有所改造，比《西厢记》中要大胆奔放许多。如曲中对张生又是叫又是骂的，还直接问红娘张生的讯息，《西厢记》中则是遮遮掩掩含蓄许多。

【双调·庆东原】 京口夜泊[1]

故园一千里，孤帆数日程，倚篷窗自叹飘泊命[2]。城头鼓声，江心浪声，山顶钟声。一夜梦难成，三处愁相并[3]。

注释

1 京口：今江苏省镇江市。

2 飘泊：流离无定。

3 三处：指城头、江心和山顶。

赏析与点评

这首曲写羁旅感怀，中间“城头”句一组鼎足对用得极为自然贴切，富有层次感，又照应结尾之愁，写出内心复杂的感情。

【中吕·满庭芳】 京口感怀

残花剩柳，摧垣废屋，新冢荒丘[1]。海门天堑还依旧，滚滚东流。铁瓮城横刺着虎口[2]，金山寺高镇着鳌头[3]。斜阳候，吟登舵楼，灯火望扬州。

注释

1 新冢：新坟。

2 铁瓮城：镇江北固山前的古城，牢不可破，故号铁瓮。

3 金山寺：镇江西北金山上的名寺。

赏析与点评

汤式这首《满庭芳》感时伤世，高古苍凉，为曲中所鲜见。

杨　讷

人物简介

杨讷，生卒年不详。字景贤，或作景言，号汝斋。蒙古人，居钱塘。因从姐夫杨镇抚，人以杨姓称之。善琵琶，好戏谑，乐府出人头地。与贾仲明相交善。永乐初，与贾仲明、汤式同遇恩宠。后卒于金陵。著有杂剧《风月海棠亭》、《生死夫妻》、《刘行首》、《西游记》四种，前两种今佚，后两种存。现存小令两首，套数一篇。

【中吕·红绣鞋】咏虼蚤[1]

小则小偏能走跳，咬一口一似针挑[2]。领儿上走到裤儿腰，眼睁睁拿不住，身材儿怎生捞。翻个筋斗不见了。

注释

1 虼（gè）蚤：跳蚤。

2 一似：好似。

赏析与点评

元曲不避俚俗，一是不避俚言俗语，一是不避俗题，此曲完全体现了这两个方面，读来觉得煞有介事而又滑稽可喜。

邵亨贞

人物简介

邵亨贞（一三〇九至一四〇一），字复孺，号清溪，云间（今上海松江县）人。主要生活于元末明初。元时曾官松江训导，为子所累罢官，远戍颍上，后赦还。通博敏瞻，虽阴阳医卜之书，无不精通。诗文外还长于书法，著有《野处集》、《议术诗选》、《议术词选》。今存小令两首。

【越调·凭阑人】题曹云西翁赠妓小画[1]

谁写江南一段秋，妆点钱塘苏小楼[2]？楼中多少愁，楚山无断头。

注释

1 曹云西：曹知白号云西，华亭（今上海松江）人，元代山水画家。

2 苏小：苏小小，南朝齐时钱塘名妓，葬于西湖边。据传苏小小尝作古词云："妾乘油壁车，郎跨青骢马。何处结同心，西陵松柏下。"唐代著名诗人白居易、刘禹锡皆有诗称之，故唐宋以来苏小小甚为有名。

赏析与点评

此为题画之作，然而同一般题画作不同的是曲家并不重在介绍画作内容，而是在稍微点明后强调自己的感受，并将之同画作结合起来，浑然一体，前后又紧密照应，诚为妙笔。

刘燕哥

人物简介

刘燕哥，生平不详。元代歌伎。张思岩《词林纪事》引《青泥莲花记》云："刘燕哥善歌舞。齐参议还山东，刘赋《太常引》以饯，至今脍炙人口。"今存小令一首。

【仙吕·太常引】饯齐参议归山东

故人送我出阳关[1]，无计锁雕鞍[2]。今古别离难，兀谁画蛾眉远山[3]。一樽别酒，一声杜宇，寂寞又春残。明月小楼间，第一夜相思泪弹[4]。

注释

1 阳关：关名，在甘肃敦煌西南，泛指送别之地。

2 锁雕鞍：是说将人留住。雕鞍，有雕饰的马鞍。

3 兀谁：谁。兀，代词前缀，无实际意义。远山：画眉样式之一，据传形如远山，称远山眉。

4 第一夜相思：离别的第一夜，备感痛苦。

赏析与点评

此曲为酒别离曲，写得极为真挚感人。曲家将现今之离别同别后的感受结合起来写，虚实相间，极富韵味。《古今词话》、《词苑萃编》等都注云："传唱一时，脍炙人口。"

无名氏

人物简介

以下诸曲作者不可考。

【正宫·醉太平】讥贪小利者

夺泥燕口[1]，削铁针头[2]，刮金佛面细搜求[3]，无中觅有。鹌鹑膆里寻豌豆[4]，鹭鸶腿上劈精肉[5]，蚊子腹内刳脂油[6]。亏老先生下手！

注释

1 夺泥燕口：从燕子口里夺泥。泥，指燕子筑巢所用的泥土。

2 削铁针头：从针头上削铁。

3 刮金佛面：从佛像面上刮金粉。

4 鹌鹑：鸟名，头尾短，状如小鸡。膆（sù）：鸟类的食囊。

5 鹭鸶：水鸟名，腿长而细瘦，栖沼泽中，捕食鱼类。劈：用刀刮。精肉：瘦肉。

6 刳（kū）：剖、挖。

赏析与点评

这首小曲讥刺那些吝啬贪图小利之人，极尽夸张之能事，读来让人忍俊不禁，为之捧腹。这类曲是谐趣的代表，多见于讽刺调侃之中，元末颇多。

【正宫·醉太平】[1]

堂堂大元[2]，奸佞专权[3]。开河变钞祸根源[4]，惹红巾万千[5]。官法滥[6]，刑法重，黎民怨。人吃人，钞买钞[7]，何曾见。贼做官，官做贼，混愚贤。哀哉可怜！

注释

1 这首曲在元末流传甚广，本见元末明初人陶宗仪《辍耕录》卷二十二。原注云：“《醉太平》小令一阕，不知谁所造。自京师至江南，人人能道之。”

2 堂堂大元：堂堂，气象宏大庄严。

3 奸佞：巧言谄媚的坏人。指元末丞相脱脱、参议贾鲁等人。

4 开河：指统治者借治理黄河而扰民伤财。据史书载，元至正十一年（一三五一），右丞相脱脱、参议贾鲁等曾以修复河道为名，扰民敛财。变钞：说的是钞法的弊端。据史书载，元至元二十四年（一二八七），始行钞法（纸币），称至元钞；至正十年，更定钞法，是为至正钞，纸质低劣，不久即腐烂，不堪转换，弄得物价腾贵，民怨沸腾。

5 红巾：元末以韩山童、刘福通为首的农民起义军，义军都用红巾裹头，故名。

6 官法滥：指官吏贪污成风和拿钱买官。

7 钞买钞：指更定钞法后，旧钞与新钞的倒换买卖。

赏析与点评

这首小曲犹如一道檄文，深刻揭露元末社会黑暗政治的种种表现，以及造成这种情况的根源，曲家眼光深邃，也预见了这种病态社会的根本结局。曲家满怀愤慨，情感激烈，曲语铿锵有力，读来淋漓痛快。

【正宫·塞鸿秋】 山行警

东边路西边路南边路，五里铺七里铺十里铺[1]，行一步盼一步懒一步。霎时间天也暮日也暮云也暮，斜阳满地铺，回首生烟雾。兀的不山无数水无数情无数[2]。

宴毕警

灯也照星也照月也照，东边笑西边笑南边笑，忽听得钧天乐箫韶乐云和乐[3]，合着这大石调小石调黄钟调[4]。银花遍地飘，火树连天照[5]。喜的是君有道臣有道国有道。

村夫饮

宾也醉主也醉仆也醉，唱一会舞一会笑一会，管甚么三十岁五十岁八十岁，你也跪他也跪恁也跪[6]。无甚繁弦急管催[7]，吃到红轮日西坠，打的那盘也碎碟也碎碗也碎。

又

爱他时似爱初生月[8]，喜他时似喜梅梢月，想他时道儿首西江月[9]，盼他时似盼辰钩月[10]。当初意儿别，今日相抛撇[11]，要相逢似水底捞月。

注释

1 铺：古代的驿站或兵站，可为旅客提供食宿，与亭同，为五里一设或十里一设。

2 兀的不：如何不，怎不。

3 钧天乐、箫韶乐、云和乐：三种曲调名，唐宋以来宫廷及上流社会经常演奏。

4 大石调、小石调、黄钟调：都是宫调名。

5 银花、火树：形容灯光、烟火绚丽灿烂。苏味道《正月十五》诗："火树银花合，星桥铁锁开。"

6 跪：指跪坐。

7 繁弦急管：繁多热闹的音乐伴奏。宋晏殊《蝶恋花》词："绣幕卷波香引穗，急管繁弦，共爱人间瑞。"

8 这支《塞鸿秋》为嵌字体，每句嵌一"月"字。

9 西江月：本唐教坊曲名，今词牌名。

10 辰钩：即水星。古人认为这种星不易看见。《西厢记》："似这等辰钩，空把佳期盼。"

11 抛撇：抛弃。

赏析与点评

这几首《塞鸿秋》颇具特色，巧用叠字或是嵌字，层层推进，饶有风味。第一首写送别之情，将不舍别离的依依之情表现得极为突出；第二首乃歌颂太平之作，文字颇工，意境寻常；第三首描写普通人醉酒，刻画细致；前三首风格较为一致，似应出自同一人手笔。第四首嵌字，将自然之月与词牌等月字巧妙结合，展示两人情感的发展变化，极有趣味。

【仙吕·一半儿】

南楼昨夜雁声悲[1]，良夜迢迢玉漏迟[2]。苍梧树底叶成堆，被风吹，一半儿沾泥一半儿飞。

注释

1 “南楼”句：化用唐赵嘏《寒塘》诗：“乡心正无限，一雁过南楼。”

2 玉漏：计时的漏壶。

【仙吕·游四门】

海棠花下月明时，有约暗通私[1]。不甫能等得红娘至[2]，欲审旧题诗[3]。支，关上角门儿[4]。

注释

1 有约暗通私：即幽情密约。

2 不甫能：刚刚，恰才。

3 审：问明。

4 角门：边门。

赏析与点评

这首曲乃是敷衍《西厢记》故事而来，选取的就是月下偷期那一节，刻画女主角心情较为细腻入微。

【仙吕·寄生草】

人百岁，七十稀[1]。想着他罗裙窄地宫腰细[2]，花钿渍粉秋波媚[3]，金钗欹枕乌云坠[4]。暮年翻忆少年游[5]，不如今朝醉了明朝醉。

又

有几句知心话，本待要诉与他。对神前剪下青丝发，背爷娘暗约在湖山下，冷清清湿透凌波袜[6]。恰相逢和我意儿差，不刺你不来时还我香罗帕[7]。

又

猛见他朱帘下过，引的人没乱煞，少一枝杨柳瓶中插，少一串数珠胸前挂，少一个化生儿立在傍壁下[8]。人道是章台路柳出墙花[9]，我猜做灵山会上活菩萨[10]。

注释

1 七十稀：古时认为人活到七十岁较为少见，故称七十岁为古稀之年。杜甫《曲江》诗：“酒债寻常行处有，人生七十古来稀。”

2 窣（sū）地：拂地。宫腰：瘦腰。

3 花钿：花形头饰。秋波：指眼睛明亮如水。

4 欹：斜，侧。乌云：指秀发。

5 翻忆：回忆。

6 凌波袜：即秀袜，曹植《洛神赋》：“凌波微步，罗袜生尘。”

7 不剌：系衬字，为话语搭头性质，如同说兀良或兀剌，常用来转接语气。关汉卿《拜月亭》杂剧：“我怨感我合哽咽，不剌你啼哭你为甚迭？”

8 化生儿：本指蜡制的婴孩画像。古时风俗，于七夕弄化生，祝人生子。薛能《吴姬》诗：“芙蓉殿上中元日，水拍银盘弄化生。”这里形容女子玲珑可爱。

9 章台路柳出墙花：指妓女。章台路，为汉代长安城歌伎集中居住的一条街道。

10 灵山会：佛教盛会。灵山，佛家称灵鹫山为灵山。《五灯会元》：“世尊在灵山会上，拈花示众。”

赏析与点评

这三首曲子都是写男女之情，多选取生活中场景或是小细节，展示男女情爱心理。第一首借暮年追忆少年游展示情场的忏悔；第二首写女子赴约男子未来时的纠结心情；第三首写男子的一见钟情。曲子多源于民间俚俗，曲词也比较通透直白。

【中吕·喜春来】

天孙一夜停机暇[1]，人世千家乞巧忙[2]，想双星心事密话儿长[3]。七月七，回首笑三郎[4]。

又

伤心白发三千丈[5]，过眼金钗十二行[6]。老来休说少年狂。都是谎，樽有酒且徜徉[7]。

又

窄裁衫褃安排瘦[8]，淡扫蛾眉准备愁[9]。思君一度一登楼[10]。凝望久，雁过楚天秋。

注释

1 天孙：织女。暇：空闲。

2 乞巧：农历七月七日，民间称乞巧节，七夕夜妇女对月穿针，向织女祈求智巧，故称。

3 双星：牵牛星与织女星。密话儿：悄悄话，此指情话。

4 三郎：唐玄宗李隆基的小名。

5 "伤心白发"句：化用李白《秋浦歌》诗："白发三千丈，缘愁似个长。"

6 金钗十二行：比喻歌舞之盛，据说唐牛僧孺家有金钗十二行，此用其典。

7 徜徉：悠闲自在地来回走。

8 褃（kèn）：衣服腋下前后相连的部分。

9 扫蛾眉：画眉，代指梳妆打扮。

10 一度：一回，一次。

赏析与点评

这三首《喜春来》题材不一，第一首写民俗，第二首抒发闲适之情，第三首写闺怨，都比较淡雅清丽，有小词风味。

【中吕·红绣鞋】[1]

一两句别人闲话，三四日不把门踏[2]，五六日不来呵在谁家？七八遍买龟儿卦[3]，久已后见他么，十分的憔悴煞。

又

我为你吃娘打骂，你为我弃业抛家。我为你胭脂不曾搽，你为我休了媳妇，我为你剪了头发。咱两个一般的憔悴煞[4]。

又

裁剪下才郎名讳[5]，端详了辗转伤悲。把两个字灯焰上燎成灰[6]，或擦在双鬓角，或画作远山眉[7]。则要我眼跟前常见你。

注释

1 此曲为嵌字体（元曲巧体之一），每句嵌一数字，自一至十。元曲中也有分别嵌数字自十至一的，如郑光祖《倩女离魂》第三折《尧民歌》：“想十年身到凤凰池，和九卿相八元辅劝金杯，则他那七言诗六合里少人及，端的个五福全四气备占伦魁，震三月春雷，双亲行先报喜，都为这一纸登科记。”

2 蹅（chǎ）：宋元俗语，踏。

3 买龟儿卦：出钱算卦。

4 一般：一样。

5 名讳：名字。古时对尊者忌讳直呼其名，故云。

6 燎：燃烧。

7 远山眉：眉妆之一，非常秀丽淡雅。刘歆《西京杂记》卷二：“文君姣好，眉色如望远山，脸际常若芙蓉，肌肤柔滑如脂，十七而寡，为人放诞风流，故悦长卿之才而越礼焉。”

赏析与点评

这三首曲子都是写男女爱情。第一首巧用嵌字体，将两人尚不稳定的感情及女子忐忑的心情写得活灵活现；第二首则是民间男女偷情的表白，十分大胆热辣；第三首源于民歌体，种种假设都只是为了表达深深的爱意，极为感人。

【中吕·朝天子】志感

不读书有权，不识字有钱，不晓事倒有人夸荐。老天只恁忒心偏[1]，贤和愚无分辨。折挫英雄，消磨良善，越聪明越运蹇[2]。志高如鲁连[3]，德高如闵骞[4]，依本分只落的人轻贱。

又

不读书最高，不识字最好，不晓事倒有人夸俏。老天不肯辨清浊，好和歹没条道。善的人欺，贫的人笑，读书人都累倒。立身则小学，修身则大学[5]。智和能都不及鸭青钞[6]。

又

早霞，晚霞，装点庐山画。仙翁何处炼丹砂[7]，一缕白云下。客去斋余[8]，人来茶罢，叹浮生指落花。楚家，汉家[9]，做了渔樵话[10]。

注释

1 恁：如此。忒：太。

2 运蹇：命运恶劣。

3 鲁连：鲁仲连，战国时齐国高士，善于谋划，常周游各国，为人排难解纷而不受酬报。

4 闵骞：闵子骞，孔子弟子，以德行著称。

5 小学：《大戴礼记》云：“古者年八岁而出就外舍，学小艺焉，履小节焉。束发而就太学，学大艺焉，履大节焉。”故云“立身则小学，修身则大学”。

6 鸭青钞：钱、钞票。

7 丹砂：道家烧炼制丹以求长生不老的原料。

8 斋余：素食之余，饭后。

9 楚家、汉家：指楚汉争霸之事。

10 渔樵话：渔人、樵夫的闲谈。

赏析与点评

这三首《朝天子》，前两首与后一首差异较大，主要因前两首多用衬字。这几首曲子名为“志感”，实际上是对黑暗社会的强烈抨击与讽刺。第一首锋芒直指元代政治制度，广大知识分子有才无用，沉沦下僚，而小人奸贼身居高位；第二首则抨击元代社会道德沦丧的现实。社会拜金化、物质化，崇尚愚昧无知，全无善恶之分。入木三分，字字见血，现今读来依然动人心魄，不禁让人扼腕叹息。

【中吕·十二月过尧民歌】

【十二月】看看的相思病成，怕的是八扇帷屏。一扇儿双渐苏卿[1]，一扇儿君瑞莺莺[2]，一扇儿越娘背灯[3]，一扇儿煮海张生[4]。【尧民歌】一扇儿桃园仙子遇刘晨[5]，一扇儿崔怀宝逢着薛琼琼[6]，一扇儿谢天香改嫁柳耆卿[7]，一扇儿刘盼盼昧杀八官人[8]。哎，天公，教他对成对，偏俺合孤另[9]。

注释

1 双渐苏卿：即双渐与苏卿故事，参见前关汉卿《双调·大德歌·双渐苏卿》注释1。

2 君瑞莺莺：即张生与崔莺莺故事，王实甫有《西厢记》演其事。

3 越娘背灯：事见《青琐高议·越娘记》。越娘是越地女子，受辱后自缢于松林，鬼魂与杨舜俞初会时，面壁背灯不语。元人有《凤凰坡越娘背灯》杂剧，今不传。

4 煮海张生：指张生与龙女的神话故事。潮州儒生张羽与龙女相爱，本拟元宵相聚，奈何为龙王所阻，张生便以仙姑所赠宝物银锅煮海，龙王不得已招张生入海婚配。元人李好古有《沙门岛张生煮海》杂剧。

5 桃园仙子遇刘晨：指东汉刘晨、阮肇入桃源遇仙子的故事。元人有《刘晨阮肇误入桃源》杂剧演其事。

6 崔怀宝逢着薛琼琼：事见《岁时广记》及《丽情集》。少女薛琼琼清明游赏踏青，与崔怀宝相逢，情投意合，经乐供奉杨羔撮合，结成婚姻。元人有《崔怀宝月夜闻筝》戏文演其事。现存佚曲十一支。

7 谢天香改嫁柳耆卿：指妓女谢天香与柳耆卿的故事。柳耆卿与谢天香热恋，不想求取功名，大尹把谢天香娶回家中，逼使耆卿上京应考，及第后，让他们夫妻团圆。关汉卿有《大尹智宠谢天香》杂剧演其事。

8 刘盼盼昧杀八官人：妓女刘盼盼沦落风尘中，与八官人结为夫妻。元人有《刘盼盼》杂剧演其事，今已亡佚。

9 合：应当。孤另：即孤零。

赏析与点评

这首带过曲写闺怨，曲家主要用赋体笔法，以八种当时流行的才子佳人、成双成对故事来反衬闺中人的孤单。此曲也保留了当时民间流行戏文的重要资料。

【黄钟·红锦袍】

那老子彭泽县懒坐衙[1]，倦将文案押[2]，数十日不上马。柴门掩上咱，篱下看黄花[3]。爱的是绿水青山。见一个白衣人来报[4]，来报五柳庄幽静煞[5]。

注释

1 老子：指陶渊明。彭泽县：陶渊明曾担任了八十一天彭泽县令。

2 押：在文书、字画、契据上署名或书记号。

3 篱下看黄花：陶渊明《饮酒》诗："采菊东篱下，悠然见南山。"

4 白衣人：指使者。

5 五柳庄：陶渊明弃官归田之后，自号五柳先生。

赏析与点评

这支曲以叙事笔法写陶渊明归隐之事，紧抓几个反映陶渊明志趣的意象，如菊、山等，又切合陶渊明之诗文，流畅自然，读来别有佳趣。

【大石调·阳关三叠】[1]

渭城朝雨浥轻尘[2]，更洒遍客舍青青。弄柔凝千缕，更洒遍客舍青青。弄柔凝翠色，更洒遍客舍青青，弄柔凝柳色新。休烦恼，劝君更尽一杯酒，人生会少。自古富贵功名有定分。休烦恼，劝君更尽一杯酒，旧游如梦，只恐怕西出阳关，眼前无故人！休烦恼，劝君更尽一杯酒，只恐怕西出阳关，眼前无故人！

注释

1 王维《送元二使安西》原诗为：“渭城朝雨浥轻尘，客舍青青柳色新。劝君更尽一杯酒，西出阳关无故人。”此诗自唐代以来即传唱甚广，此曲即敷衍此诗而来，只是改换曲调，声词也多有变化，以便于曲的演唱，曲意则并无多大变化。

2 浥：沾湿。

【商调·梧叶儿】

嘲女人身长[1]

身材大膊项长，难匹配怎成双。只道是巨无霸的女[2]，原来是显神道的娘[3]。我这里细端详，还只怕你明年又长。

嘲谎人

东村里鸡生凤，南庄上马变牛，六月里裹皮裘。瓦垄上宜栽树[4]，阳沟里好驾舟[5]。瓮来大肉馒头[6]。俺家的茄子大如斗。

注释

1 嘲：调侃。身长：身材硕大。

2 巨无霸：亦作巨毋霸，西汉末巨人。据说为蓬莱人，长一丈，大十围，轺车不能载，三马不能胜。王莽留之于新丰，改姓为句无氏。后任其为尉，驱兽出阵，以助威。

3 神道：神祇，尤指天地之神。

4 瓦垄：屋顶上的瓦行。

5 阳沟：屋宅边排水的浅沟。

6 瓮来大：像瓮缸那么大。来，语气助词。

赏析与点评

这两首《梧叶儿》取材于生活中的所见所闻，曲语俚俗，调侃戏谑意味颇浓，读来颇为滑稽可喜。

【商调·梧叶儿】[1]

正月

年时节，元夜时，云鬟插小桃枝。今年早，不见你，泪珠儿，滴满了春衫袖儿。

三月

春三月，花满枝，秋千惹绿杨丝。才蹴罢[2]，舒玉指，摸腰儿：谁拾得鲛绡帕儿[3]？

四月

清和节，近洛时，寻思了又寻思。新荷叶，浑厮似[4]，花面儿[5]，贴在我芙蓉额儿。

注释

1 无名氏所作《梧叶儿》分咏十二月，今选其中三首。

2 蹴：即蹴鞠。鞠，古代的一种皮球。罢：结束。

3 鲛绡：传说中鲛人所织的绡。亦借指薄绢、轻纱。帕：即手帕。

4 浑厮似：还相似。

5 花面儿：古代妇女常在额上贴各种形状、颜色的花子作为装饰。花子又称花面，这种风气一直持续到明初。

赏析与点评

这几首曲子借咏时令来写男女之情，有点类似词中之《九张机》。这种写法是将时令景物描写同情感联系起来，可谓巧借时令起兴，实际上都在抒发相思怀人之情，所选几首将少女心事写得欲语还止，纤巧可喜。

【双调·水仙子】

张果老[1]

驼腰曲脊六旬高，皓首苍髯年纪老，云游走遍红尘道，驾白云驴驮高[2]，向赵州城压倒石桥。拄一条斑竹杖，穿一领粗布袍，也曾赴蟠桃[3]。

李岳

笔尖吏业不侵夺[4]，跳入长生安乐窝。绸衫身上都穿破，铁拐向内拖。乱哄哄发似松科。岂想重裀卧[5]，不恋皓齿歌[6]，每日价散诞蹉跎[7]。

注释

1 今存元散曲无名氏作《水仙子》八首，分别以八仙为题，今选其中两首。

2 “驾白云”句：后世八仙传说中，张果老的主要特点就是驾云骑驴。

3 赴蟠桃：指张果老曾参加王母娘娘举办的蟠桃大会。

4 “笔尖吏业”句：铁拐李岳被吕洞宾度脱前曾为刀笔吏，故云“笔尖吏业不侵夺”。

5 重裀：比喻富贵人家极其舒适的床被。裀，垫子，褥子。

6 皓齿歌：代指声色享受。皓齿，洁白的牙齿，代指美女。

7 散诞：逍遥自在。蹉跎：本指虚度光阴，此处与“散诞”同义。

赏析与点评

这是两首人物曲，细致描绘了张果老、铁拐李两人的外貌特征和性格趋向，刻画工细，栩栩如生。

更难得的是全曲保存了宋元时代八仙传说中的相关资料，极为可贵。

【南吕·骂玉郎过感皇恩采茶歌】

鏖兵

【骂玉郎】牛羊犹恐他惊散，我子索手不住紧遮拦[1]，恰才见枪刀军马无边岸，唬的我无人处走。走到浅草里听，听罢也向高阜处偷睛看[2]。【感皇恩】吸力力振动地户天关[3]，唬的我扑扑的胆战心寒[4]。那枪忽的早刺中彪躯，那刀亨地掘倒战马[5]，那汉扑地抢下征鞍[6]。俺牛羊散失，您可甚人马平安？把一座介丘县，生扭做枉死城，却翻做鬼门关[7]。【采茶歌】败残军受魔障[8]，得胜将马奔顽[9]。子见他歪刺刺门过饮牛湾[10]，荡的那卒律律红尘遮望眼[11]，振的这滴溜溜红叶落空山[12]。

注释

1 子索：只得。

2 阜：土堆、小山岗。偷睛：偷看。

3 吸力力：拟声词。

4 扑扑：心跳声。

5 忽、亨：都是象声词。彪躯：魁梧的身躯。掘倒：撂倒。

6 扑：拟声词。抢下：倒栽葱跌下。

7 枉死城、鬼门关：佛教中地狱里的地方。此喻伤亡人很多。

8 魔障：指灾难。

9 奔顽：狂奔。

10 子：只。歪刺刺：拟声词，同“哗啦啦”。

11 卒律律：拟声词，模拟起风的声音。

12 滴溜溜：也是拟声词，模拟树叶飘落的声音。

赏析与点评

这首带过曲借用牧羊人的眼光描述了一场激烈的战争。

全曲以赋体手法展开，描写细致，有如高清摄像，特别是拟声词和动作的描写，将战争场面直搬到读者眼前，极为生动。

【双调·水仙子】杂咏

临行愁见整行李，几日无心扫黛眉[1]。不如饮的奴先醉[2]，他行时我不记的，不强似眼睁睁两下分离[3]？但去着三年五岁，更隔着千山万水，知他甚日来的[4]？

喻纸鸢[5]

丝纶长线寄天涯[6]，纵放由咱手内把。纸糊披就里没牵挂，被狂风一任刮，线断在海角天涯。收又收不下，见又不见他，知他流落在谁家？

注释

1 扫黛眉：描眉，指梳妆打扮。

2 奴：女子的自称。

3 不强似：胜过。

4 甚日：什么时间。来的：来得，得以回来。

5 纸鸢：风筝。此曲模拟闺中思妇的口吻，将远游在外的夫婿比喻为风筝，颇具诙谐趣味。

6 纶：数股合成的绳线。

赏析与点评

这两首曲子写闺怨，属典型的民歌体，与传统的曲子词类似。

第一首写女子不忍离别的愁苦心理活动，第二首写对在外飘泊游子的牵挂。其中第二首中以风筝比喻在外的丈夫，现在夫妻之间尚在通用，诚为妙喻。全曲曲语通俗，多以口语入曲。

名句索引

一至四画

五画

六至八画

九画

十三画

十四画

十七画

中信国学大典

元曲三百首

导读及译注
向铁生
北京师范大学文学博士，现任教于湖南大学文学院，硕士研究生导师。主要从事中国古典诗词、古典文献学研究。在《山西大学学报》等核心期刊发表论文多篇，出版有"新视野经典文库"之《宋词三百首》，参编参著教材等数部。

康震
文学博士，现为北京师范大学文学院教授、博士生导师。中国李白研究会、苏轼研究会常务理事，中国唐代文学学会理事。主要从事中国古代诗词散文研究、中国古代文学与文化研究。出版《长安文化与隋唐诗歌》、《隋唐五代散文史》、《康震品李白》、《康震评说苏东坡》、"新视野经典文库"之《宋词三百首》和《唐诗三百首》等。荣获全国模范教师、教育部新世纪人才、北京市教育名师奖等多项奖励。2005年至今，在中央电视台《百家讲坛》主讲《诗仙李白》、《诗圣杜甫》、《李清照》、《唐宋八大家系列》等专题讲座，获得观众的广泛好评。

图书在版编目(CIP)数据

元曲三百首 / 向铁生，康震导读及译注. — 北京：中信出版社，2015.4
（中信国学大典）
ISBN 978-7-5086-5068-5
Ⅰ.①元… Ⅱ.①向…②康… Ⅲ.①元曲－选集 Ⅳ.①I222.9
中国版本图书馆CIP数据核字（2015）第045022号

本书中文简体字版由中华书局（香港）有限公司授权中信出版社在中国大陆独家出版和发行

元曲三百首

导读及译注：向铁生　康　震
策 划 推 广：中信出版社（China CITIC Press）
出 版 发 行：中信出版集团股份有限公司
（北京市朝阳区惠新东街甲 4 号富盛大厦 2 座　邮编　100029）
（CITIC Publishing Group）
承　印　者：北京通州皇家印刷厂

开　　本：787mm×1092mm　1/16　　印　　张：20　　字　　数：100 千字
版　　次：2015 年 4 月第 1 版　　印　　次：2015 年 4 月第 1 次印刷
广告经营许可证：京朝工商广字第 8087 号
书　　号：ISBN 978-7-5086-5068-5/I · 609
定　　价：42.00 元

周易礼记孝经心经金刚经净土三经六祖
坛经黄帝内经孔子家语颜氏家训淮南鸿
烈传习录近思录围炉夜话左传战国策史
记汉书后汉书三国志资治通鉴盐铁论贞
观政要山海经水经注人物志论语孟子老
子庄子墨子孙子兵法韩非子大学中庸荀
子管子列子鬼谷子商君书吕氏春秋诗经
楚辞唐诗三百首宋词三百首元曲三百首
古文观止世说新语徐霞客游记梦溪笔谈
搜神记东坡志林三字经百家姓千字文

周易礼记孝经心经金刚经净土三经六祖
坛经黄帝内经孔子家语颜氏家训淮南鸿
烈传习录近思录围炉夜话左传战国策史
记汉书后汉书三国志资治通鉴盐铁论贞
观政要山海经水经注人物志论语孟子老
子庄子墨子孙子兵法韩非子大学中庸荀
子管子列子鬼谷子商君书吕氏春秋诗经
楚辞唐诗三百首宋词三百首元曲三百首
古文观止世说新语徐霞客游记梦溪笔谈
搜神记东坡志林三字经百家姓千字文